DENARO FALSO

LEV NIKOLAEVIč TOLSTOJ

PARTE PRIMA

I

Fjòdor Michàjlovic Sonkòvinikov, direttore dell'intendenza di Finanza, uomo di incorruttibile probità e orgoglioso di essa, liberale austero e non soltanto libero pensatore, ma nemico di ogni manifestazione religiosa che teneva per avanzo di superstizione, ritornava dal suo ufficio nella peggiore disposizione di spirito. Il governatore gli aveva scritto una stupidissima lettera la quale poteva far supporre che Fjòdor Michàjlovic si fosse comportato disonestamente. Fjòdor Michàjlovic s'era molto irritato e aveva scritto subito una risposta vivace e caustica.

A casa parve a Fjòdor Michàjlovic che tutto andasse di traverso.

Mancavano cinque minuti alle cinque. Egli pensava che subito avrebbero servito il pranzo, ma il pranzo non era ancora pronto. Fjòdor Michàjlovic sbatté la porta e andò nella sua camera. Qualcuno picchiò all'uscio. "Chi diavolo sarà ancora?" pensò e disse forte:

– Chi è?

Entrò nella camera un ragazzo di quindici anni, allievo della quinta classe del ginnasio, figlio di Fjòdor Michàjlovic.

– Che sei venuto a fare?

– Oggi è il primo del mese.

– Che vuoi? Denari?

Era stabilito che ogni primo del mese il padre dava al figlio tre rubli per i suoi minuti piaceri. Fjòdor Michàjlovic aggrottò le sopracciglia, tirò fuori il portafogli, cercò e ne cavò una cedola di due rubli e cinquanta copeche, poi tirò fuori il portamonete con l'argento, e contò ancora cinquanta copeche. Il figlio taceva senza prenderli.

– Babbo, ti prego, dammi un anticipo.

– Che?

– Non te lo chiederei, ma ho preso in prestito sulla mia parola d'onore, ho promesso. Io, da uomo onesto, non posso... mi ci vogliono ancora tre rubli... davvero, non ti chiederò più nulla... non soltanto non ti chiederò più nulla, ma ti prego, babbo...

– Ti s'è detto...

– Sì, babbo, ma per una sola volta...

– Tu ricevi tre rubli al mese, e ti par poco. Io, all'età tua, non avevo neppure cinquanta copeche.

– Ora tutti i miei compagni hanno più di me. Petròv, Ivànitskij hanno cinquanta rubli.

– E io ti dirò che, se tu ti condurrai in questo modo, diventerai un farabutto. Ho detto.

– Ma che detto! Voi non vi mettete mai nei miei panni... Dovrò diventare uno scroccone. Vi starà bene.

– Va fuori, ragazzaccio. Fuori!

Fjòdor Michàjlovic balzò su e si scagliò contro il figlio.

– Fuori! La frusta vi ci vuole.

Il figlio si spaventò e s'irritò, ma s'irritò più che non si spaventasse e, a capo chino, si diresse a rapidi passi verso la porta. Fjòdor Michàjlovic non aveva intenzione di batterlo, ma era contento della sua collera, e per un pezzo ancora seguitò a urlare, accompagnando il figlio con parole ingiuriose.

Quando entrò la cameriera e disse che il pranzo era pronto, Fjòdor Michàjlovic si alzò.

– Finalmente, – disse, – ma ora non ho più voglia di mangiare.

E, facendo una smorfia, andò a desinare.

A tavola la moglie cominciò a discorrere con lui, ma egli brontolò una breve risposta così rabbiosamente, che ella tacque. Anche il figlio non alzava gli occhi dal piatto e taceva. Mangiarono in silenzio e in silenzio si alzarono da tavola e si separarono.

Dopo il pranzo, lo studente tornò nella sua cameretta, tirò fuori di tasca la cedola e la moneta spicciola e buttò tutto sulla tavola, poi si tolse l'uniforme e indossò una giacchetta. Prima lo studente si mise a studiare una grammatica latina tutta lacera, poi chiuse la porta col gancetto, gettò il denaro con la mano dalla tavola nel cassetto, prese dal cassetto dei cannelli da sigarette, ne riempì uno, lo tappò con l'ovatta e si mise a fumare.

Passò sulla grammatica e sui quaderni due ore, senza capirne nulla, poi si alzò e cominciò a passeggiare in su e in giù per la stanza, battendo i tacchi in terra e ripensando a tutto ciò che c'era stato col padre. Tutte le parole di rimprovero del padre e specialmente il suo viso irritato gli tornavano in mente come se proprio allora lo udisse e lo vedesse. "Ragazzaccio, la frusta ci vuole". E più ci ripensava e più si adirava contro il padre. Si ricordò in che tono il padre gli aveva detto: "Diventerai un farabutto, sappilo". "E diventerò un farabutto, se è così... Gli starà bene! Si è dimenticato quando lui era giovane... Ma che delitto ho commesso? Semplicemente sono andato al teatro, non avevo denari, ne ho presi in prestito da Pètja Grusòtskij. Che c'è di male? Un altro avrebbe compatito, avrebbe chiesto spiegazioni, ma lui non fa altro che gridare e pensare a sé. Quando gli manca qualche cosa, si sente urlare per tutta la casa e io poi sono un farabutto! No, benché sia mio padre, non gli voglio bene. Non so se tutti siano così, ma io non gli voglio bene".

La cameriera picchiò alla porta. Portava un biglietto.

– Vogliono la risposta immancabilmente. Nel biglietto c'era scritto:

"Ecco già la terza volta che ti chiedo di restituirmi i sei rubli che t'ho prestati, ma tu te la svigni. Così non agiscono le persone oneste. Ti prego di mandarmeli immediatamente col latore di questa. Ne ho un bisogno assoluto. Non puoi dunque procurarteli? Secondo che me li renderai o non me li renderai, sarò il tuo compagno che ti disprezza o che ti stima.

Grusòtskij".

"Eccoci. Che razza di porco! Non poteva aspettare. Tenterò ancora".

Mìtja andò dalla madre. Era l'ultima speranza. La madre era buona e non sapeva rifiutargli nulla, e forse lo avrebbe aiutato, ma quel giorno era tutta agitata per la malattia del bambino più piccolo, Pètja, che aveva due anni. S'irritò contro Mìtja perché era entrato e aveva fatto rumore, e gli disse di no.

Egli brontolò qualcosa fra i denti e uscì dalla stanza. A lei fece pena il figlio e lo richiamò.

– Aspetta, Mìtja, – disse. – Oggi non ho nulla, ma domani avrò del denaro.

Ma in Mìtja ribolliva ancora la rabbia contro il padre.

– Perché domani, se ne ho bisogno oggi? Sappiate che andrò da qualche compagno. E uscì, sbattendo la porta.

"Non c'è altro da fare, mi insegnerà dove s'impegna l'orologio", pensò, tastandosi l'orologio in tasca.

Mìtja prese dal cassetto la cedola e la moneta spicciola, si mise il pastrano e andò da Màchin.

Màchin era uno studente di ginnasio e aveva i baffi. Giocava a carte, conosceva delle donne e aveva sempre denari. Viveva con una zia. Mìtja sapeva che Màchin era un ragazzaccio, ma, quando era con lui, senza volere, soggiaceva al suo influsso. Màchin era in casa e si preparava ad andare al teatro. Nella sua sudicia cameretta c'era odore di sapone profumato e di acqua di Colonia.

– Questo, fratello mio, è l'ultima cosa, – disse Màchin, quando Mìtja gli ebbe raccontato il suo dispiacere e mostrato la cedola e le cinquanta copeche, dicendogli che gli occorrevano nove rubli.

– Si può impegnar l'orologio e si può fare anche di meglio, – disse Màchin strizzando un occhio.

– Come di meglio?

– È molto semplice.

Màchin prese la cedola.

– Si mette un uno davanti al 2,50 e diventa 12,50.

– Ma ci sono di queste cedole?

– Altro che! E quelle attaccate ai biglietti da mille rubli? Io ne ho fatto passare una simile.

– Ma non può essere.

– Dunque, si fa? – disse Màchin prendendo la penna e stirando la cedola con le dita della mano sinistra.

– Ma questo è male.

– Che sciocchezza!

"Difatti!" pensò Mìtja e si ricordò di nuovo del padre che gridava: farabutto. "Ecco, sarò un farabutto". Guardò in viso Màchin. Màchin lo guardò, sorridendo tranquillamente.

– Dunque, si fa?

– Fallo.

Màchin tracciò attentamente un uno.

– Ecco fatto. Ora andiamo in un negozio. Ce n'è uno qui all'angolo: accessori per fotografia. Giusto, mi occorre una cornicetta, sai, per quella persona... Prese la fotografia di una ragazza dai grandi occhi, con la chioma voluminosa e il busto opulento.

– Che bel pezzo di ragazza, eh?

– Sì, sì. Ma come?...

– Molto semplicemente. Andiamo.

Màchin si vestì e uscirono insieme.

Alla porta del negozio di accessori per fotografia squillò il campanello. I due studenti entrarono guardando in giro il negozio vuoto, con le sue scansie piene di accessori per fotografia e col banco coperto da vetrine. Da una porta interna entrò una donna non bella, dal viso buono e, mettendosi dietro al banco, domandò che cosa volessero.

– Una graziosa cornicetta, madame.

– Di che prezzo? – domandò la signora, facendo passare abilmente e rapidamente cornici di diversi generi fra le sue mani coperte di mezzi guanti, dalle dita gonfie. – Queste, cinquanta copeche, queste altre sono un poco piú care. Ecco: questa è molto bellina, di un genere nuovo: un rublo e venti.

– Sì, datemi questa. Ma non potete fare un ribasso? Prendete un rublo.

– Da noi non si mercanteggia, – disse la signora con dignità.

– Via, Dio sia con voi, – disse Màchin, ponendo la cedola sulla vetrina. – Datemi la cornice e il resto, ma alla svelta. Non dobbiamo essere in ritardo al teatro.

– Ci arriverete a tempo, – disse la signora e si mise ad esaminare la cedola coi suoi occhi miopi.

– Sarà carina in questa cornicetta, eh? – disse Màchin rivolgendosi a Mìtja.

– Non avete altro denaro? – disse la venditrice.

– No, disgraziatamente. Me l'ha dato mio padre e bisogna cambiarlo.

– Ma non avete un rublo e venti?

– Abbiamo cinquanta copeche. Ma che? Avete paura che vi diamo denari falsi?

– No, non dico questo.

– Datecelo indietro, lo cambieremo.

– Quanto vi debbo dare?

– Undici rubli e qualche cosa.

La venditrice fece il conto, aprì la cassa, prese dieci rubli di carta, poi, cercando con la mano fra la moneta spicciola, prese ancora sei doppi grìvenniki e due monete da cinque copeche.

– Favorite farmi un involto, – disse Màchin, prendendo senza fretta il denaro.

– Subito.

La venditrice fece l'involto e lo legò con uno spago.

Mìtja respirò soltanto quando il campanello della porta d'entrata squillò dietro di loro ed essi uscirono sulla strada.

– Eccoti dieci rubli, e questi spiccioli dalli a me. Te li renderò.

E Màchin andò al teatro, mentre Mìtja andava da Grusòtskij a pagare il suo debito.

Un'ora dopo che i due studenti erano andati via, il padrone del negozio venne e si mise a fare il conto di cassa.

– Ah, stupida creatura! Ecco una stupida per davvero! – gridò alla moglie vedendo la cedola e accorgendosi subito della falsificazione. – E perché prendere delle cedole?

– Ma tu stesso, Zènja, ne hai prese davanti a me e proprio di dodici rubli, – disse la moglie confusa, addolorata e pronta a piangere. – Io stessa non so come abbiano potuto ingannarmi quegli studenti. Un bel giovanotto, che aveva l'aspetto così per bene!...

– Una stupida per bene sei tu!... – seguitò a brontolare il marito, facendo i conti di cassa. – Quando io prendo una cedola, guardo quel che c'è scritto su. Ma tu, son certo, guardavi soltanto il muso degli studenti, all'età tua!

La moglie non sopportò queste parole e s'adirò anche lei.

– Un vero malcreato! Sai soltanto criticare gli altri e tu hai perduto cinquantaquattro rubli alle carte, e questo è niente.

– Per me, è un altro affare.

– Non voglio discorrere con te, – disse la moglie e se ne andò in camera sua: là si mise a rimuginare come la sua famiglia non volesse il suo matrimonio, tenendo il marito per molto inferiore di condizione, e come lei sola si fosse ostinata a far quel matrimonio; ripensò al suo bambino morto, all'indifferenza del marito per quella perdita, e cominciò a odiare il marito al punto da pensare che sarebbe stato un bene se fosse morto. Ma, dopo averlo pensato, si spaventò di quel suo sentimento, e si affrettò a vestirsi e a uscire. Quando il marito tornò a casa, la moglie non c'era piú. Senza aspettarlo, s'era vestita e se n'era andata sola da un professore di francese di loro conoscenza che li aveva invitati per quella sera.

In casa del professore di francese, un polacco russo, c'era un tè servito elegantemente, con biscotti e dolci, e poi si misero a giocare al vint a diverse tavole.

La moglie del negoziante di accessori per fotografia era alla tavola del padrone di casa insieme con un ufficiale e una vecchia signora sorda, con la parrucca, vedova del proprietario di un negozio di musica, appassionata del giuoco e ottima giocatrice. Le carte erano favorevoli alla moglie del negoziante di accessori per fotografia. Due volte aveva dichiarato grand schelem. Accanto a lei c'era un piattino con uva e pere, e il suo spirito era pieno di giocondità.

– Perché Jevghènij Michàjlovic non viene? – domandò dall'altra tavola la padrona di casa, – lo iscriveremo per quinto.

– Di certo sarà preso dai suoi conti, – disse la moglie di Jevghènij Michàjlovic, – oggi ci sono i conti delle provviste, delle legna.

E, ricordandosi la scena avuta col marito, aggrottò le sopracciglia, e le sue mani coperte dai mezzi guanti tremavano dall'ira che aveva contro di lui.

– Quando si parla del diavolo... – disse il padrone di casa, rivolgendosi a Jevghènij Michàjlovic che entrava. – Perché avete fatto tardi?

– Diversi affari... – rispose Jevghènij Michàjlovic con voce allegra, fregandosi le mani. E, con meraviglia della moglie, si avvicinò a lei e le disse:

– Ah! sai? la cedola l'ho data via.

– Proprio?

– Sì, al contadino per le legna.

E Jevghènij Michàjlovic raccontò a tutti con grande indignazione, – e la moglie aggiungeva particolari al suo racconto, – come sua moglie fosse stata ingannata da due studenti senza scrupoli.

– E ora, a noi, – disse, sedendosi a tavolino quando venne il suo turno, e mischiando le carte.

Difatti, Jevghènij Michàjlovic aveva dato la cedola in pagamento delle legna al contadino Ivàn Mirònov.

Ivàn Mirònov faceva commercio delle legna a questo modo: ne comprava una sàzegn ai depositi, la portava a vendere per la città, facendone cinque parti, e ogni parte la vendeva per il prezzo che a lui costava un quarto di sàzegn preso al deposito. In quel giorno disgraziato per Ivàn Mirònov, la mattina di buon'ora egli aveva trasportato in città un ottavo di sàzegn e, vendutolo prestissimo, era andato a caricare un altro ottavo che sperava pure di vendere, ma andò in giro cercando un compratore e nessuno lo comprò. Capitò sempre a trattare con gente esperta, la quale conosceva le solite gherminelle dei contadini che vendono legna e non credeva ch'egli avesse portato le legna dalla campagna, come affermava. Gli era venuta fame e aveva preso freddo nella sua mezza pelliccia logora e nel suo gabbano lacero: il freddo verso sera era arrivato a venti gradi sotto zero; il cavalluccio, del quale egli non aveva pietà perché aveva divisato di venderlo allo scorticatore, si fermò addirittura. Sicché Ivàn Mirònov era pronto a vendere le sue legna con perdita, quando incontrò Jevghènij Michàjlovic che era andato a comperar del tabacco in una bottega e tornava a casa.

– Prendetele, signore, le dò per poco. Il mio cavalluccio non ne può più.

– Di dove vieni?

– Siamo di campagna. Sono legna nostre, buone, asciutte.

– Vi conosciamo. Dunque, quanto ne vuoi?

Ivàn Mirònov fece una domanda, cominciò ad abbassare il prezzo e finalmente lasciò le legna al prezzo di costo.

– Soltanto per voi, signore, e perché si debbono portare vicino, – disse.

Jevghènij Michàjlovic non aveva molto mercanteggiato, pensando che avrebbe potuto dar via la cedola. Tirando lui stesso le stanghe del carretto, Ivàn Mirònov a stento portò le legna nel cortile e da sé le scaricò nella legnaia. Il portiere non c'era. Ivàn Mirònov da principio esitò a prendere la cedola, ma Jevghènij Michàjlovic seppe tanto persuaderlo, e aveva l'aspetto di un signore così altolocato, che il contadino acconsentì a prenderla.

Entrando per la porta di dietro nella stanza delle donne di servizio, Ivàn Mirònov si fece il segno di croce, si tolse i ghiacciuoli dalla barba e, alzati i lembi del suo caffettano, tirò fuori una borsa di pelle e dalla borsa otto rubli e cinquanta copeche, diede il resto e, ravvolta la cedola in una carta, la mise nella borsa.

Dopo aver ringraziato, come si conviene, il signore, Ivàn Mirònov, cacciandosi avanti non più con la frusta, ma col manico la povera rozza coperta di brina e votata alla morte, che moveva a stento le zampe, si recò col carretto vuoto a un'osteria.

Nell'osteria Ivàn Mirònov chiese per otto copeche di vino e di tè e, dopo essersi riscaldato e messo anche in sudore, nella più allegra disposizione di spirito cominciò a discorrere con un portiere seduto alla sua stessa tavola. E discorrendo gli raccontò tutti i fatti suoi. Gli raccontò che era del villaggio Vasìljevskoje, a dodici verste dalla città, che si era separato dal padre e dai fratelli e ora viveva con la moglie e due ragazzi, dei quali il maggiore andava a scuola e non gli era di nessun aiuto. Disse che occupava là dentro una camera e che il giorno dopo sarebbe andato al mercato per vendere la sua rozza e guardare se gli riusciva di comprare un altro cavallo. Raccontò che gli mancava soltanto un rublo per farne venticinque e che la metà del suo denaro consisteva in una cedola. Tirò fuori la cedola e la mostrò al portiere. Il portiere era analfabeta, ma disse che a volte cambiava di quelle cedole per gl'inquilini, che eran denaro buono, ma che ce n'era anche delle false, e perciò consigliava, per maggior sicurezza, di cambiare la cedola lì, al banco. Ivàn Mirònov lo diede al tavoleggiante e gli disse di portargli il resto, ma il tavoleggiante non portò il resto e invece venne il principale, calvo, col viso lucido, che aveva nelle sue mani grasse la cedola.

– I vostri denari non sono buoni, – disse, mostrando la cedola, ma senza renderla.

– Son buoni, me li ha dati un signore.

– Non son buoni, sono falsi.

– Se son falsi, ridammeli.

– No, fratello, ai pari vostri bisogna dare una lezione. Tu, con dei farabutti... hai falsificato la cedola.

– Dammi il mio denaro. Che diritto hai tu?

– Sìdor, chiama un agente, – si rivolse il principale al tavoleggiante.

Ivàn Mirànov aveva bevuto. E quando aveva bevuto era turbolento. Prese il principale per il colletto e gridò:

– Dammelo indietro, io andrò dal signore. So dove sta.

Il principale si liberò da Ivàn Mirònov, e la sua camicia si lacerò.

– Ah! Fai così? Tienlo!

Il tavoleggiante afferrò Ivàn Mirònov, e in quel momento entrò una guardia. Dopo aver ascoltato, con aria d'autorità, in che consisteva l'affare, subito decise.

– Al posto di guardia.

Mise la cedola nel suo portamonete e condusse Ivàn Mirònov al posto di guardia insieme col carretto.

Ivàn Mi[ò]nov pernottò al posto di guardia in compagnia di ubriachi e ladri. Era già quasi mezzogiorno quando fu chiamato davanti al brigadiere. Il brigadiere l'interrogò e lo mandò insieme con una guardia dal venditore di accessori per fotografia. Ivàn Mirònov si ricordava la strada e la casa.

Quando la guardia ebbe fatto chiamare il padrone e gli mostrò la cedola e Ivàn Mirònov, che affermava quello stesso signore avergli dato la cedola, Jevghènij Michàjlovic fece prima un viso meravigliato e poi severo.

– Si vede che tu hai perduto il cervello. È la prima volta che vedo costui.

– Signore, è un peccato, dobbiamo morire, – disse Ivàn Mirònov.

– Che gli prende? Ma, di certo, tu hai sognato. Avrai venduto le legna a qualcun altro, – disse Jevghènij Michàjlovic. – Del resto, aspettate, vado a domandare a mia moglie se ha comprato delle legna ieri.

Jevghènij Michàjlovic uscí e subito chiamò il portiere, un bel giovane, allegro ed elegante, di forza e di accortezza non comuni, di nome Vasìlij, e gli disse che, se l'interrogavano su dove fossero state comprate le legna, dicesse che erano state comprate a un deposito e che mai si compravano dai contadini.

– C'è qui un contadino che pretende che io gli abbia dato una cedola falsa. È uno scimunito. Dio sa che cosa dice, ma tu sei un uomo di cervello. Dunque, di' che le legna noi le compriamo soltanto al deposito. E questo da un pezzo te lo volevo dare perché ti comprassi una giacchetta, – aggiunse Jevghènij Michàjlovic, e diede al portiere cinque rubli.

Vasìlij prese il denaro, sbirciò il biglietto, poi il viso di Jevghènij Michàjlovic, scosse i capelli e sorrise lievemente.

– Si sa, è gente stupida. L'ignoranza! Non vi date pensiero. So io che cosa debbo dire.

Per quanto Ivàn Mirònov scongiurasse piangendo Jevghènij Michàjlovic di riconoscere la sua cedola e il portiere di confermare le sue parole, Jevghènij Michàjlovic e il portiere tennero duro: mai si compravano legna dai carretti, e la guardia ricondusse al commissariato Ivàn Mirònov, incolpato di aver falsificato la cedola.

Soltanto dopo aver dato cinque rubli al brigadiere, seguendo il consiglio di uno scrivano che, arrestato per ubriachezza, s'era trovato insieme con lui, Ivàn Mirònov poté uscire dal posto di guardia senza la cedola e con sette rubli invece dei venticinque che aveva il giorno innanzi. Ivàn Mirònov spese tre di questi sette rubli per bere, e con un viso disfatto, ubriaco fradicio, giunse da sua moglie.

La moglie era incinta, agli ultimi mesi, e malata. Cominciò a ingiuriare il marito, lui le diede una spinta, lei si mise a batterlo. Senza risponderle, lui si buttò bocconi sul tavolato e cominciò a pianger forte.

Soltanto la mattina seguente la moglie capì di che si trattava e, avendo creduto al marito, per un pezzo imprecò contro il signore ladro che aveva ingannato il suo Ivàn. E Ivàn, avendo smaltito la sbornia, si ricordò ciò che un operaio col quale aveva bevuto il giorno innanzi gli aveva consigliato, e decise di andare da un avvocato per dar querela.

L'avvocato prese in mano l'affare non tanto per il denaro che ne poteva ricavare, quanto perché credette a Ivàn e fu disgustato dal vedere come il contadino fosse stato ingannato senza coscienza.

Al giudizio comparvero tutt'e due le parti, e Vasìlij, il portiere, venne come testimone. In giudizio si ripeté la medesima cosa. Ivàn Mirò, nov invocava Dio, diceva che tutti dobbiamo morire. Jevghènij Michàjlovic, benché fosse tormentato dalla coscienza dell'indegnità e del pericolo di ciò che aveva fatto, non poteva più mutare la sua deposizione e seguitò con aspetto apparentemente calmo a negar tutto.

Il portiere Vasìlij aveva ricevuto ancora dieci rubli e con un tranquillo sorriso assicurava di non aver mai veduto Ivàn Miròrov. E quando gli fecero prestar giuramento, benché nel suo interno s'intimidisse, apparentemente tranquillo ripeté dietro il vecchio prete le parole della formula, giurando sulla croce e sul santo Vangelo che avrebbe detto tutta la verità.

L'affare finì così: che il giudice non accolse la querela d'Ivàn Miròrov e lo condannò a pagare cinque rubli di spese giudiziarie, che Jevghènij Michàjlovic generosamente gli condonò. Nel licenziare Ivàn Miròrov, il giudice gli fece un predicozzo, dicendogli che d'ora innanzi fosse più cauto nell'incolpare persone rispettabili e che doveva esser grato per il condono delle spese di causa e per non essere stato querelato per calunnia, il che gli avrebbe valso tre mesi di prigione.

– Ringraziamo umilmente, – disse Ivàn Miròrov e, scotendo il capo e sospirando, uscì dalla sala d'udienza.

Tutto ciò parve finir bene per Jevghènij Michàjlovic e il portiere Vasìlij. Ma fu così soltanto in apparenza. Accadde una cosa che nessuno vide, ma che era più grave di tutto ciò che la gente vedeva.

Era già il terzo anno che Vasìlij aveva lasciato il villaggio e viveva in città. Ogni anno egli dava sempre meno al padre e non faceva venire la moglie, non avendo bisogno di lei. Qui in città aveva quante donne voleva e non rozze come la sua. Ogni anno Vasìlij dimenticava sempre più i costumi del villaggio e si assuefaceva agli usi della città. Là tutto era grossolano, grigio, povero, sudicio, qui tutto era fine, bello, pulito, ricco, tutto in ordine. Ed egli sempre più si confermava nell'idea che la gente di campagna vive senza discernimento, come le fiere dei boschi, e qui soltanto esistono veri uomini. Leggeva libri di buoni autori, romanzi, andava agli spettacoli nella Casa del popolo. Al villaggio queste cose non si vedevano neppure in sogno. Al villaggio i vecchi dicevano: vivi con tua moglie secondo la legge, lavora, non mangiar di soverchio, non esser vanitoso; ma qui la gente intelligente e istruita conosceva le vere leggi, viveva secondo il suo piacere. E tutto andava bene. Fino all'affare della cedola, Vàsìlij non aveva mai creduto che i signori non avessero nessuna legge riguardo al come si debba vivere. Gli pareva sempre che lui non conoscesse la legge loro, ma che una legge ci fosse. Ma dopo l'affare della cedola e, soprattutto, dopo il suo falso giuramento, dal quale, malgrado la sua paura, nessun male gli era venuto, ma anzi gli eran venuti ancora dieci rubli, si convinse addirittura che non esistevano leggi e che si doveva vivere secondo il proprio piacere. Così viveva, così seguitò a vivere. Da principio approfittò sulle compre che faceva per gl'inquilini, ma ciò era poco per tutte le sue spese e, dove poteva, si mise a rubar denaro e cose di valore negli appartamenti degl'inquilini, e rubò perfino una borsa di Jevghènij Michàjlovic. Jevghènij Michàjlovic glielo fece confessare, ma non gli diede querela e soltanto lo licenziò.

Vasìlij non voleva andare a casa, e rimase a vivere a Mosca con la sua amante, cercando un posto. Ne trovò uno mediocre, come portiere da un bottegaio. Vasìlij l'accettò. Ma già il mese dopo commise un furto di sacchi. Il padrone non lo querelò, ma bastonò Vasìlij e lo cacciò via. Dopo questo fatto non trovò più posto, i denari furon consumati, poi egli cominciò a vendere i vestiti, e arrivò a questo che gli rimase solo più una giacchetta tutta sbrindellata, un paio di calzoni e delle vecchie scarpe. L'amante lo abbandonò. Ma Vasìlij non perdette il suo umore ardito e gaio e, venuta la primavera, se ne andò a piedi a casa sua.

Pjotr Nikolàjevic Sventìtskij, un ometto tarchiato, con gli occhiali neri (aveva gli occhi malati ed era minacciato di una cecità completa), si alzò secondo il solito prima dell'alba e, bevuto un bicchiere di tè, indossò la sua mezza pelliccia guarnita di pelle d'agnello e se ne andò pei fatti suoi.

Pjotr Nikolàjevic era stato impiegato delle dogane e aveva messo da parte diciottomila rubli. Una dozzina di anni addietro era andato in congedo, non del tutto di sua volontà, e aveva comprato una piccola tenuta da un giovane proprietario che aveva dissipato il suo. Pjotr Nikolàjevic, quando era ancora in servizio, s'era ammogliato. Sua moglie era una povera orfana, di una vecchia famiglia nobile, una donna forte, grassa, bella, che non gli aveva dato figli. Piotr Nikolàjevic, in tutte le cose, era uomo posato e perseverante. Pur non avendo nessuna conoscenza di agricoltura (era figlio di un gentiluomo polacco), amministrò così bene la sua proprietà che, in dieci anni, una tenuta di trecento desiatine devastata diventò una tenuta modello. Tutte le costruzioni, dalla casa fino ai locali di deposito e alla tettoia dov'era la pompa da incendio, erano solide, ben fatte, coperte di ferro e sempre dipinte a tempo debito. Nelle rimesse stavano in ordine i carretti, gli aratri, gli erpici, e i guarnimenti erano unti di grasso. I cavalli non grandi, quasi tutti del suo allevamento e roani, erano ben nutriti, forti, e tutti simili. La trebbiatrice lavorava in un granaio coperto, c'era un deposito speciale per il fieno, gli scoli del letame se ne andavano in una fossa lastricata. Anche le vacche erano del suo allevamento, non grandi, ma molto lattifere. I maiali erano inglesi. C'era anche un'uccelliera e delle galline di una specie particolarmente produttiva. Nel frutteto le piante erano ben irrorate e innestate. Dappertutto ogni cosa era ben tenuta, pulita, in ordine. Pjotr Nikolàjevic era contento della sua proprietà e orgoglioso di aver ottenuto tutto ciò senza opprimere i contadini, ma anzi con una severa giustizia verso la popolazione. Anche fra i nobili era tenuto per moderato, piuttosto liberale che conservatore, e difendeva sempre i diritti del popolo contro i partigiani del servaggio. Diceva: sii buono con loro e saranno buoni con te. Per verità, non lasciava passare le mancanze e gli errori degli operai, e a volte li stimolava lui medesimo, esigeva che si lavorasse, ma le abitazioni e il cibo erano ottimi, le paghe erano sempre corrisposte in tempo, e le feste egli distribuiva la vodka.

Camminando con precauzione sulla neve che si fondeva, – s'era in febbraio, – Pjotr Nikolàjevic si diresse, passando davanti alla scuderia dei cavalli da lavoro, verso l'izba dove alloggiavano gli operai. Era ancora scuro. Anche più scuro per via della nebbia, ma alle finestre, nell'izba degli operai, si vedeva luce.

Gli operai si alzavano. Egli aveva l'intenzione di farli affrettare: dovevano andare con sei cavalli a prendere le ultime legna nel bosco.

"Che cos'è?" pensò, vedendo aperta la porta della scuderia.

– Ehi, chi c'è?

Nessuno rispose. Pjotr Nikolàjevic entrò nella scuderia.

– Ehi, chi c'è?

Nessuno rispondeva. Era buio, sotto i piedi il terreno era molle e si sentiva odore di letame. A destra della porta, in una posta, c'era una pariglia di giovani roani. Pjotr Nikolàjevic stese la mano: vuoto. Allungò un piede. Che i cavalli si fossero coricati? Il suo piede non incontrò nulla. "Dove li hanno condotti?" pensò. Attaccare, non li avevano attaccati, le slitte erano ancora tutte fuori. Pjotr Nikolàjevic uscì e gridò forte:

– Ehi, Stjepàn!

Stjepàn era il capo operaio. Giust'appunto stava uscendo dall'alloggio degli operai.

– Pronto! – rispose allegramente Stjepàn. – Siete voi, Pjotr Nikolàjevic? Ora vengono subito i ragazzi.

– Perché la scuderia è aperta?

– La scuderia? Non riesco a capire. Ehi! Pròska! dammi una lanterna.

Pròska accorse con una lanterna ed entrarono nella scuderia. Stjepàn a un tratto capì.

– Ci sono stati i ladri, Pjotr Nikolàjevic. La serratura è rotta.

– Conti delle storie.

– Li hanno portati via i ladri. Màska non c'è più. Lo Sparviero non c'è più. No, lo Sparviero c'è. Il Pezzato non c'è. Il Bello non c'è.

Tre cavalli mancavano. Pjotr Nikolàjevic non disse nulla. Aggrottò le sopracciglia e respirò con fatica.

– Ah, se mi capita sotto! Chi era di guardia?

– Pètka. Pètka si sarà addormentato.

Pjotr Nikolàjevic denunciò la cosa alla polizia, al commissario rurale, al capo del zèmstvo, mandò i suoi uomini dappertutto. I cavalli non furono trovati.

– Che gentaglia! – diceva Pjotr Nikolàjevic. – Che m'hanno mai fatto! Non ho sempre fatto loro del bene? Ma aspetta! Ladri, tutti ladri! Ora vi metterò a posto io!

Ma i cavalli, una tròjka di roani, erano già a destinazione. Uno, Màska, fu venduto agli zingari per diciotto rubli, un altro, il Pezzato, fu cambiato contro un altro cavallo di un contadino, a quaranta verste di là, il Bello fu ridotto talmente slombato che lo squartarono e la pelle fu venduta per tre rubli. Colui che aveva condotto tutto l'affare era Ivàn Miròviv. Egli aveva servito presso Pjotr Nikolàjevic e conosceva tutte le sue consuetudini, sicché decise di ricuperare il suo denaro. E combinò l'affare.

Dopo la sua disgrazia della cedola falsa Ivàn Miròviv per un pezzo aveva bevuto, e avrebbe bevuto tutto se la moglie non gli avesse nascosto i collari del cavallo, i vestiti e tutto ciò che poteva esser venduto per bere. Durante le sue sbornie, Ivàn Miròviv non smetteva di pensare non soltanto a colui che gli aveva fatto torto, ma a tutti i signori e signorotti che vivono solamente derubando il prossimo. Una volta Ivàn Miròviv si mise a bere con certi contadini dei dintorni di Podòlsk. E quei contadini, ubriachi, strada facendo, gli raccontarono di aver rubato dei cavalli a un altro contadino. Ivàn Miròviv si mise a ingiuriare i ladri di cavalli perché avevano fatto torto a un contadino. "Questo è un peccato, – disse; – per un contadino un cavallo è come un fratello, e tu lo privi di tutto. Se devi rubare, ruba ai signori. Questi cani se lo meritano". Seguitarono a discorrere, e i contadini di Podòlsk dissero che rubare i cavalli a un signore era difficile. Bisognava conoscere i luoghi e senza un uomo del posto non si faceva nulla. Allora Ivàn Miròviv si ricordò di Sventìtskij, presso il quale era stato a lavorare, si ricordò che Sventìtskij una volta gli aveva ritenuto un rublo e mezzo sulla paga per un cavicchio rotto, si ricordò anche dei cavalli roani, che adoprava nel lavoro.

Ivàn Miròviv andò da Sventìtskij come per farsi assumere, ma era soltanto per osservare e informarsi di tutto. Dopo esser venuto a saper tutto: che non c'era il guardiano, che i cavalli stavano nelle poste della scuderia, fece venire i ladri e compì tutta l'impresa.

Diviso il bottino coi contadini di Podòlsk, Ivàn Miròviv se ne andò a casa con cinque rubli. A casa non c'era nulla da fare, non c'era più il cavallo, e da quel momento Ivàn Miròviv cominciò a farsela coi ladri di cavalli e con gli zingari.

Pjotr Nikolàjevic Sventìtskij con tutte le sue forze si mise a cercare il ladro. Senza qualcuno di casa non potevano aver fatto il colpo. Cominciò dunque a sospettare della gente, interrogò gli operai per sapere chi era stato fuori quella notte, e seppe che Pròska Nikolàjev, un giovanotto tornato allora allora dal servizio militare, bello, svelto, che Pjotr Nikolàjevic aveva preso per cocchiere, non aveva passato la notte in casa. Il commissario rurale era un amico di Pjotr Nikolàjevic, il quale conosceva anche il capo di polizia del distretto, il maresciallo della nobiltà, il capo del zèmstvo e il giudice istruttore. Tutti questi personaggi venivano da lui per il suo onomastico e conoscevano i suoi gustosi liquori, i suoi funghi sott'olio, i bianchi, i giallicci, i prugnoli, eccetera. Tutti lo compativano e si sforzavano di aiutarlo.

– Ecco, e voi difendete i contadini, – diceva il commissario rurale. – Io dicevo la verità affermando che son peggio delle bestie. Senza la frusta e il bastone con loro non si fa nulla. Sicché voi dite, Pròska, quello che vi fa da cocchiere?

– Già, lui.

– Fatelo venir qui.

Pròska fu fatto venire e interrogato.

– Dove eri?

Pròska scosse i capelli, i suoi occhi luccicarono.

– A casa.

– Come a casa, se tutti gli operai hanno deposto che tu non c'eri?

– Come volete.

– Non si tratta della mia volontà, ma tu dov'eri?

– A casa.

– Sì, va bene. Agente, conducetelo al commissariato.

– Come volete.

Così Pròska non disse dov'era stato, e non lo disse perché quella notte era in casa della sua amica, Paràsa, e aveva promesso di non tradirla e non la tradì. Prove non ce n'erano e Pròska fu rilasciato. Ma Pjotr Nikolàjevic era persuaso che tutto era stato opera di Prokòfij , e si mise a odiarlo. Una volta Pjotr Nikolàjevic chiamò Prokòfij invece del cocchiere e lo mandò al deposito. Pròska, come faceva sempre, prese due misure di biada alla locanda. Diede una misura e mezzo ai cavalli, vendette l'altra mezza misura e si bevve il denaro. Pjotr Nikolàjevic lo seppe e lo denunziò al giudice di pace. Il giudice di pace condannò Pròska a tre mesi di prigione. Prokòfij era pieno di amor proprio. Si teneva per superiore agli altri ed era fiero di sé. La prigione l'umiliò. Non poteva più fare il fiero davanti alla gente, e si avvilí.

Dalla prigione Pròska tornò a casa irritato non tanto contro Pjotr Nikolàjevic, quanto contro il mondo intero.

Prokòfij, come dicevano tutti, dopo la prigione si lasciò andar giù, cominciò a non aver più voglia di lavorare, cominciò a bere, e poco dopo si trovò impigliato in un furto di abiti presso una mercantessa e di nuovo andò in carcere.

Pjotr Nikolàjevic non seppe altro dei suoi cavalli se non che era stata trovata la pelle di un cavallo roano, che egli riconobbe per la pelle del Bello, e l'essere così i ladri rimasti impuniti mise sempre più Pjotr Nikolàjevic fuori di sé. Ora non poteva più vedere senza irritazione i contadini né parlarne e, quando poteva, si sforzava di nuocer loro.

Malgrado che, avendo dato via la cedola, Jevghènij Michàjlovic avesse smesso di pensarci, la moglie di lui Màrja Vasìljevna non poteva perdonare a se stessa d'essersi lasciata ingannare, né al marito di averle detto parole crudeli, né, principalmente, a quei due furfanti di ragazzi di averla così abilmente raggirata.

Fin dal giorno in cui essi l'avevano ingannata, ella s'era messa a osservare tutti gli studenti di ginnasio. Una volta incontrò Màchin, ma non lo riconobbe, perché egli, vedendola, fece una smorfia tale che gli trasformò completamente il viso. Ma riconobbe subito Mìtja Smokòvnikov col quale si urtò a naso a naso sul marciapiede, due settimane dopo il fatto. Lo lasciò passare e, voltatasi, si mise a seguirlo. Giunta fino a casa sua, seppe di chi era figlio, e il giorno seguente andò al ginnasio e nell'atrio incontrò il maestro di religione Michaìl Vvedjènskij. Egli le domandò che cosa le occorresse. Ella disse che desiderava di vedere il direttore.

– Il direttore non c'è, è ammalato; forse potrei far io o riferire a lui.

Màrja Vasìljevna decise di raccontare tutto al maestro di religione. Il maestro di religione Vvedjènskij era vedovo, accademico e uomo molto ambizioso. Già l'anno precedente s'era incontrato in una casa col padre di Smokòvnikov e, essendosi urtato con lui in un discorso su cose di religione, nel quale Smokòvnikov l'aveva battuto su tutti i punti e l'aveva canzonato, risolse di osservare il figlio con particolare attenzione, e avendo trovato nel ragazzo la stessa indifferenza in materia religiosa che aveva riscontrata nel padre miscredente, cominciò a perseguitarlo e lo bocciò anche all'esame.

Avendo appreso da Màrja Vasìljevna l'azione del giovane Smokòvnikov, Vvedjènskij non poté non provarne piacere, trovando in questo fatto la conferma dei suoi convincimenti sull'immoralità degli uomini privi della direzione della Chiesa, e decise di approfittare di questo caso, come egli si sforzava di persuadersi, per dimostrare quale pericolo minacci tutti coloro che si allontanano dalla Chiesa. Ma nel fondo dell'anima era per vendicarsi dell'orgoglioso e presuntuoso ateo.

– Sì, è molto triste, molto triste, – disse il padre Michaìl Vvedjènskij, carezzando con la mano gli orli lisci della sua croce pettorale. – Son molto contento che abbiate rimesso a me quest'affare; io, come servo della Chiesa, mi adoprerò perché il giovane non rimanga senza una punizione, ma mi adoprerò anche per mitigare il castigo quanto più è possibile.

"Sì, farò ciò che conviene al mio ministero", disse fra sé il padre Michaìl, pensando di aver dimenticato completamente l'ostilità del padre verso di lui e di proporsi soltanto il bene e la salvezza del giovane.

Il giorno seguente, alla lezione di religione, il padre Michaìl raccontò agli alunni tutto l'episodio della cedola falsa e disse che il fatto era stato commesso da uno studente di ginnasio.

– L'azione è brutta, vergognosa, – disse egli, – ma il volerla negare è anche peggio. Se, cosa che io non credo, questo è stato commesso da uno di voi, sarebbe meglio che costui si accusasse, invece di nascondersi.

Dicendo ciò, il padre Michaìl guardò fisso Mìtja Smokòvnikov. Gli alunni, seguendo il suo sguardo, si voltarono a guardare anche loro Smokòvnikov. Mìtja arrossí, sudò tutto e finalmente scoppiò a piangere e scappò via dalla classe.

La madre di Mìtja, apprendendo ciò, fece confessare al figlio tutta la verità e corse nel negozio di accessori per fotografia. Pagò dodici rubli e cinquanta copeche alla padrona e la scongiurò di tacere il nome dello studente. Al figlio poi ordinò di negar tutto e in ogni caso di non confessarlo al padre.

E difatti, quando Fjòdor Michàjlovic apprese ciò che era accaduto al ginnasio e, interrogato il figlio, questi negò tutto, andò dal direttore e, raccontatogli tutto il fatto, disse che il modo di agire del maestro di religione era biasimevole al più alto grado e che egli non l'avrebbe lasciato passare così. Il direttore fece chiamare il sacerdote e fra lui e Fjòdor Michàjlovic ci fu una spiegazione assai veemente.

– Una stupida donna ha calunniato mio figlio, poi ella stessa ha ritrattato la sua deposizione, e voi non avete trovato nulla di meglio che calunniare un bravo e onesto ragazzo.

– Io non l'ho calunniato e non vi permetto di parlarmi così. Voi dimenticate il mio ministero.

– Ci sputo sopra al vostro ministero.

– Le vostre idee depravate – disse il maestro di religione, a cui il mento tremava, sicché la barba rada gli ondeggiava, – son conosciute da tutta la città.

– Signori, padre! – si sforzava il direttore di calmare i due contendenti, ma era impossibile metter pace fra loro.

– Io, per dovere del mio ministero, sono obbligato a vigilare sull'educazione religiosa e morale degli alunni.

– Smettetela di fingere, come se io non sapessi che voi non credete né al diavolo né alla morte!

– Io stimo indegno di me il discorrere con un individuo come voi, – proferì il padre Michaìl, offeso dalle ultime parole di Smokòvnikov, specialmente perché sapeva che erano giuste. (Egli aveva fatto tutto il corso dell'accademia teologica e perciò da un pezzo non credeva più a ciò che professava e predicava, ma credeva soltanto che tutti gli uomini dovessero sforzarsi di credere a ciò che egli si sforzava di far credere a se stesso.)

Smokòvnikov non era tanto indignato dall'atto del sacerdote, quanto dal vedervi una bella prova di quell'influenza clericale che comincia ad apparire fra noi; e raccontò a tutti quel fatto.

Il padre Vvedjènskij, a sua volta, scorgendo una manifestazione di nichilismo e di ateismo non soltanto nella giovane, ma anche nella vecchia generazione, si persuase sempre più della necessità della lotta. Quanto più condannava l'incredulità di Smokòvnikov e dei suoi pari, tanto più si convinceva della fermezza e della solidità della propria fede e tanto meno sentiva il bisogno di controllarla o di metterla d'accordo con la propria vita. La sua fede, confessata da tutto il mondo che lo circondava, era per lui l'arma principale della lotta contro coloro che la negavano.

Questi pensieri, sorti in lui dall'urto con Smokòvnikov, insieme con le noie che ebbe al ginnasio in conseguenza di quell'urto, – e precisamente un'osservazione e un rimprovero che ricevé dalla direzione, – gli fecero prendere una decisione che lo seduceva da un pezzo, fin dalla morte della moglie, cioè di farsi monaco e avviarsi per quella strada dove s'erano messi alcuni fra i suoi compagni d'accademia, dei quali uno era già vescovo e un altro archimandrita, in attesa della vacanza di un episcopato.

Alla fine dell'anno accademico, Vvedjènskij abbandonò il ginnasio, prese l'abito nel monastero sotto il nome di Misaìl, e ben presto ottenne il posto di rettore del seminario in una città presso la Volga.

Intanto il portiere Vasìlij camminava sulla strada maestra verso il sud.

Il giorno camminava e la notte l'agente di polizia del luogo lo conduceva all'alloggio assegnato. Il pane glielo davano dappertutto e a volte lo facevano sedere a tavola a cenare. In un villaggio della provincia di Orjòl, dove egli passava la notte, gli dissero che un mercante il quale aveva preso in fitto un giardino da un proprietario cercava dei giovani per guardiani. A Vasìlij il mendicare era venuto a noia, e a casa non ci voleva tornare, sicché andò dal mercantegiardiniere e si occupò come guardiano a cinque rubli al mese.

La vita nella capanna, specialmente dopo che le mele dolci cominciarono a maturare, e dall'aia del padrone i guardiani portarono dei fasci di paglia fresca tolta di sotto alla trebbiatrice, piaceva molto a Vasìlij. Sdraiato tutto il giorno sulla paglia fresca e odorosa, accanto a mucchi di mele d'estate e d'inverno che odoravano ancor più della paglia, fischiava e cantava, guardando che i ragazzi non venissero a pigliar le mele. E di cantare canzoni Vasìlij era maestro. E aveva una bella voce. Venivano dal villaggio delle donne e delle ragazze per le mele. Vasìlij scherzava con loro, a quelle che gli piacevano dava più o meno mele in cambio di uova o di copeche – e di nuovo si sdraiava, e si moveva soltanto per far colazione, desinare e cena.

Aveva una sola camicia di cotone color di rosa ed era anche lacera, ai piedi nulla, ma il suo corpo era forte, sano, e quando levavano dal fuoco la pentola con la kàsa, Vasìlij mangiava per tre, tanto che il vecchio guardiano se ne meravigliava. La notte Vasìlij non dormiva e, o fischiava o mandava degli strilli acuti, e al buio ci vedeva da lontano come un gatto. Una volta dal villaggio vennero dei ragazzi grandi a scrollare i meli. Vasìlij si avvicinò pian piano e si gettò loro addosso: essi tentarono di respingerlo, ma lui li disperse, e uno lo menò nella capanna e lo consegnò al padrone.

La prima capanna dov'era stato Vasìlij era in un giardino lontano, ma la seconda capanna che gli toccò, quando furon tolte via le mele dolci, era a quaranta passi dalla casa del padrone. E in questa capanna Vasìlij stava anche più allegramente. Tutto il giorno Vasìlij vedeva i signori e le signorine che giocavano, passeggiavano, andavano a scarrozzare, e la sera e fin la notte sonavano il pianoforte, il violino, cantavano, ballavano. Vedeva le signorine e gli studenti, seduti sui davanzali delle finestre, che si facevano delle carezze e poi se ne andavano soli, a coppie, a passeggiare per gli scuri viali di tigli, dove penetrava soltanto a strisce e macchie la luce della luna. Vedeva i servitori correre con vivande e bibite, e i cuochi, le lavandaie, gl'intendenti, i giardinieri, i cocchieri, tutti lavorare solo per nutrire, abbeverare, divertire i signori. A volte i padroni venivano da lui nella capanna, ed egli sceglieva e dava loro le mele più rosse e succose, e le signorine, addentandole, le vantavano e dicevano qualcosa in francese, – Vasìlij capiva che parlavano di lui, – e poi gli facevano cantare delle canzoni.

E Vasìlij ammirava quella vita, ricordandosi la sua vita di Mosca, e l'idea che tutto consiste nel denaro sempre più gli si conficcava nel cervello.

E Vasìlij cominciò a pensare sempre più al come si dovesse fare per impossessarsi in una volta sola di molto denaro. Si mise a ripensare come altre volte aveva profittato delle occasioni, e decise che non bisognava fare come allora, che non bisognava come allora afferrare ciò che capitava sotto mano, ma prima meditar bene, informarsi, e agire abilmente, per non lasciare nessuna traccia. Verso la Natività della Vergine si raccolsero le ultime mele. Il padrone guadagnò parecchio, e ricompensò tutti i guardiani e anche Vasìlij e li ringraziò.

Vasìlij si vestí – il padrone giovane gli aveva regalato una giacchetta e un cappello, – e non andò a casa, – gli era troppo triste pensare alla ruvida vita dei contadini; – ma tornò indietro, in città, con dei soldati ubriaconi, che avevano guardato il giardino insieme con lui. In città decise di andar di notte a scassinare e svaligiare la bottega dov'egli aveva servito e il cui padrone lo aveva battuto e mandato via senza dargli il suo conto. Egli conosceva tutti gli ingressi e dove erano i denari; mise un soldato a guardia ed egli stesso forzò una finestra che dava sul cortile, passò di lì e vuotò la cassa. L'impresa fu compiuta abilmente e non fu trovata nessuna traccia.

Di denaro, aveva rubato trecentosettanta rubli. Cento rubli Vasìlij li diede al compagno, e col resto se ne andò in un'altra città e là fece vita allegra coi compagni e con le loro amiche.

Intanto Ivàn Mirònov era diventato un ladro di cavalli furbo, ardito e fortunato. Afimja, sua moglie, che prima lo rimproverava per i suoi magri affari, come essa diceva, ora era contenta e fiera del marito perché possedeva un tulùp foderato e anche lei aveva ora uno scialletto e una pelliccia nuova.

Nel villaggio e nei dintorni tutti sapevano che non accadeva un solo furto di cavalli senza che egli vi avesse parte, ma avevano paura di deporre contro di lui, e quando c'era un sospetto sul conto suo, egli ne usciva puro e innocente. L'ultimo suo furto di cavalli era stato quello di notte a Kolotòvka. Quando poteva, Ivàn Mirònov sceglieva le persone a cui rubare e preferiva rubare ai proprietari e ai mercanti. Ma il furto a danno dei proprietari e dei mercanti era più difficile. E perciò, quando non gli venivano a tiro proprietari e mercanti, rubava anche ai contadini. Così quella notte a Kolotòvka aveva rubato a caso dei cavalli. Non aveva fatto il colpo lui, ma Gheràsim, un ragazzo molto furbo, da lui istigato. I contadini si accorsero della scomparsa dei cavalli soltanto all'alba, e subito si gettarono alla loro ricerca per tutte le strade. I cavalli invece stavano in un borro della foresta demaniale. Ivàn Mirònov aveva intenzione di tenerli lì fino alla notte seguente, e di notte condurli a quaranta verste di là, da un locandiere di sua conoscenza. Ivàn Mirònov raggiunse Gheràsim nella foresta, gli portò della torta e della vodka, e si avviò a casa per un sentiero della foresta dove sperava di non incontrare nessuno. Per sua disgrazia s'imbatté in un soldato di guardia.

– O che sei andato per funghi? – disse il soldato.

– Ora non ce ne sono, – rispose Ivàn Mirònov, mostrando il paniere che aveva preso con sé per ogni caso.

– Già, ora non è stagione di funghi, – disse il soldato, – vengono un po' più tardi, – e passò oltre.

Il soldato capì che ci doveva essere qualcosa sotto. Non senza un perché Ivàn Mirònov se ne andava di così buon mattino per la foresta demaniale. Il soldato tornò indietro e si mise a frugare per la foresta. Nei pressi del borro udì nitrire i cavalli e se ne andò pian pianino là donde veniva il nitrito. Nel borro la terra era calpestata e ci si vedeva del concio di cavallo. Più lontano era seduto Gheràsim e mangiava qualcosa, e due cavalli erano legati a un albero.

Il soldato corse al villaggio, chiamò lo stàrosta, la guardia e due testimoni. Essi, da tre parti diverse, andarono al luogo dove era Gheràsim e l'arrestarono. Gheràska non negò e subito, essendo ubriaco, confessò tutto. Raccontò come Ivàn Mirònov l'aveva fatto bere e l'aveva istigato e come aveva promesso di venire in giornata a prendere i cavalli nella foresta.

I contadini lasciarono i cavalli e Gheràsim nella foresta, ma ordirono un tranello e aspettarono Ivàn Mirònov. Quando cominciò a imbrunire, si udì un fischio. Gheràsim rispose. Appena Ivàn Mirònov cominciò a scendere dall'altura, fu assalito e condotto al villaggio. La mattina, davanti all'izba dello stàrosta, si adunò una folla.

Condussero Ivàn Mirònov e si misero a interrogarlo. Stjepàn Pelaghèjuskin, un contadino alto, un po' curvo, dalle lunghe mani, con un naso aquilino e un'espressione cupa nel viso, cominciò per primo a interrogarlo. Stjepàn era un contadino senza famiglia, che aveva fatto il suo servizio militare. Appena s'era separato dal padre e cominciava a stabilirsi per conto suo, gli avevano rubato il cavallo. Dopo aver lavorato due anni nelle miniere, Stjepàn era riuscito a comprarsi altri due cavalli. Glieli avevano portati via tutti e due.

– Di', dove sono i miei cavalli? – disse Stjepàn, impallidendo dalla rabbia, e fissando lo sguardo cupo ora in terra, ora nel viso d'Ivàn Mirònov.

Ivàn Mirònov negò. Allora Stjepàn lo colpì in viso e gli schiacciò il naso, da cui si mise a colare il sangue.

– Parla o t'ammazzo!

Ivàn Mirònov taceva, chinando il capo. Stjepàn lo colpì con la sua lunga mano una volta, due. Ivàn taceva sempre, soltanto agitava il capo ora di qua, ora di là.

– Battetelo tutti! – gridò lo stàrosta.

E tutti si misero a batterlo. Ivàn Mirònov, sempre in silenzio, cadde e cominciò a gridare:

– Barbari, diavoli, battetemi a morte. Non ho paura di voi.

Allora Stjepàn prese una pietra da un mucchio che era lì preparato e colpì Ivàn Mirònov alla testa.

35

Gli uccisori d'Ivàn Mirònov furono giudicati. Nel numero di questi uccisori era Stjepàn Pelaghèjuskin. La imputazione era più grave per lui che per gli altri perché tutti deposero che egli aveva spaccato la testa a Ivàn Mirònov con una pietra. Stjepàn in giudizio non tacque nulla, spiegò che, quando gli avevano rubato gli ultimi due cavalli, era andato al commissariato a dar querela e che allora sarebbe stato possibile ritrovar le tracce degli zingari, ma il commissario non l'aveva ammesso alla sua presenza e non aveva fatto fare ricerche.

– E che si poteva fare con un uomo simile? Ci ha rovinati.

– Perché gli altri non lo battevano e voi sì? – disse il pubblico accusatore.

– Non è vero: tutti lo battevano, tutta la comunità aveva deciso di ucciderlo. Io soltanto l'ho finito. Perché tormentarlo inutilmente?

Il giudice fu colpito dall'espressione, assolutamente tranquilla, con la quale Stjepàn raccontava la sua azione, e come avevano battuto Ivàn Mirònov, e come lui lo aveva finito.

Stjepàn, difatti, non vedeva nulla di terribile in quella uccisione. Al servizio militare gli era toccato fucilare un soldato e, come già allora, anche al momento della uccisione d'Ivàn Mirònov non aveva veduto nel fatto nulla di terribile. Se si deve ammazzare, si ammazza. Oggi a lui, domani a me.

Stjepàn ebbe una leggera condanna: un anno di carcere. Gli tolsero il suo vestito da contadino, gli assegnarono un numero nel deposito e gli fecero vestire la casacca e calzare gli zoccoli del carcerato. Stjepàn non aveva mai avuto rispetto per l'autorità, ma ora era pienamente convinto che tutte le autorità, tutti i signori, tutti, eccetto lo zar che solo aveva pietà del popolo ed era giusto, tutti erano briganti che succhiavano il sangue del popolo. I racconti dei deportati e dei forzati coi quali si legò in carcere confermarono una tale persuasione. Uno era stato mandato ai lavori forzati perché aveva denunziato un superiore per concussione; un altro per aver percosso un capo che ingiustamente aveva confiscato le terre dei contadini; un terzo perché aveva falsificato degli assegnati. I signori, i mercanti potevano fare tutto ciò che volevano, ma un povero contadino per un'inezia lo mandavano a nutrire i pidocchi in galera.

La moglie venne a fargli visita in carcere. Senza di lui le cose già andavano male, e per di più ci fu un incendio che la rovinò addirittura e dové andare a chiedere l'elemosina coi suoi bambini. Le disgrazie della moglie esasperarono sempre più Stjepàn. In carcere era cattivo con tutti e una volta per poco non ammazzò il cuoco con una scure, e perciò gli fu aumentata di un anno la pena. In quell'anno seppe che la moglie era morta e che la sua casa non esisteva più...

Quando Stjepàn ebbe terminato la sua pena, lo chiamarono al deposito, tolsero da uno scaffale il vestito col quale era entrato in carcere e glielo diedero.

– E ora dove andrò? – disse, vestendosi, al sorvegliante.

– A casa, si capisce.

– Non ho più casa. Bisognerà che me ne vada per le strada a svaligiare i passanti.

– Se li svaligerai, tornerai qui da noi.

– Sarà quel che sarà.

E Stjepàn se ne andò. Pure, si diresse a casa. Non aveva più dove andare.

Senza arrivare a casa, entrò in una locanda, dove c'era anche una bettola, per passarvi la notte. La bettola era tenuta da un grosso borghese di Vladìmir. Egli conosceva Stjepàn. Sapeva che era capitato in carcere per disgrazia. E permise che Stjepàn passasse la notte in casa sua.

Questo locandiere, ricco, aveva rapito la moglie di un contadino del luogo e viveva con lei, tenendola come serva e come moglie.

Stjepàn conosceva tutta questa faccenda: come questo borghese aveva offeso il contadino, come quella svergognata donna aveva abbandonato il marito, e ora se ne stava seduta comodamente, tutta in sudore, alla tavola del tè e per grazia offriva del tè anche a Stjepàn. Non c'era nessun viaggiatore. La donna lasciò che Stjepàn passasse la notte nella cucina. Matrjòna mise tutto a posto e se ne andò in camera sua. Stjepàn si sdraiò sulla stufa, ma non poteva dormire e faceva scricchiolare i trucioli messi ad asciugare sulla stufa. Non si poteva levar dalla mente il grasso ventre dell'albergatore, ballonzolante sotto la cintura che gli reggeva la camicia di cotone sbiadita, lavata e rilavata. Gli tornava sempre in capo il pensiero di forare con un coltello quel ventre e farne uscire il grasso. E lo stesso fare alla donna. Ora diceva a se stesso: il diavolo se li porti! me ne andrò domani; ora si ricordava d'Ivàn Mirònov e di nuovo pensava al ventre dell'albergatore, e alla gola bianca e sudata di Matrjòna. Se si deve ammazzare, tanto vale ammazzarli tutti e due. Si sentì cantare un gallo per la seconda volta. Bisognava farlo ora, se no, spuntava l'alba. La sera innanzi aveva adocchiato un coltello e una scure. Scese dalla stufa, prese la scure e il coltello e uscì dalla cucina. Mentre usciva, dietro alla porta si sentì lo scattare del paletto. Il proprietario comparve sull'uscio. Stjepàn non fece come aveva deciso: non poté usare il coltello, ma brandì la scure e colpì alla testa. L'albergatore si abbatté contro lo stipite della porta, poi cadde a terra.

Stjepàn entrò nella camera. Matrjòna fece un salto e, in sola camicia, restò ritta accanto al letto. Stjepàn, con la stessa scure, uccise anche lei.

Poi accese una candela, prese i denari dal banco e se ne andò...

Nella città capoluogo del distretto, lontano dalle altre abitazioni, viveva nella sua casa un vecchio, impiegato in riposo, ubriacone, con le due figlie e il genero. La figlia maritata beveva e menava cattiva vita; la maggiore invece, Màrja Semjònovna, vedova, donna di cinquant'anni, magra, piena di rughe, manteneva tutti da sé sola: aveva una pensione di duecentocinquanta rubli. Su questo denaro viveva tutta la famiglia. Màrja Semjònovna era in casa la sola che lavorasse. Aveva cura del vecchio, debole padre ubriacone e del bambino della sorella, faceva cucina e lavava. E come accade sempre, tutte le faccende ricadevano su di lei, e tutti e tre l'ingiuriavano, e il cognato, quand'era ubriaco, la batteva perfino. Lei sopportava tutto in silenzio e con mansuetudine e, come sempre succede, più aveva da fare e più trovava tempo per riuscire a ogni cosa. Soccorreva i poveri, privandosi lei, dava via i suoi vestiti e aiutava ad assistere gli infermi.

Una volta il sarto del villaggio, zoppo e paralitico, venne a lavorare da Màrja Semjònovna. Doveva rivoltare un giubbetto per il vecchio e ricoprire di panno una mezza pelliccia che Màrja Semjònovna metteva l'inverno per andare al mercato.

Questo sarto zoppo era un uomo intelligente e osservatore, per il suo mestiere aveva conosciuto molta gente e a cagione del suo difetto stava sempre seduto e perciò era portato alla meditazione. Essendo stato una settimana in casa di Màrja Semjònova, fu assai edificato della sua vita. Una volta essa venne in cucina, dove il sarto stava a cucire, per lavare degli asciugamani e si mise a discorrere con lui sul come egli viveva, e seppe che il fratello lo maltrattava e che lui se n'era separato.

– Pensavo che sarebbe stato meglio, e invece è sempre lo stesso: la miseria.

– È meglio che non cambiare, e seguitare a vivere come si viveva, – disse Màrja Semjònovna.

– Ma io mi meraviglio di te, Màrja Semjònovna, che sei sempre sola a far tutto e ti occupi sempre degli altri. E vedo che da loro pochi beni ricevi.

Màrja Semjònovna non disse nulla.

– Si vede che tu hai letto nei libri che ci sarà una ricompensa nell'altro mondo.

– Di questo non sappiamo nulla, – disse Màrja Semjònovna, – ma è meglio vivere così.

– E questo c'è nei libri?

– Sì, c'è anche nei libri, – disse lei, e gli lesse il sermone sulla montagna nel Vangelo. Il sarto si mise a riflettere. E quando ebbero fatto i conti e lui se ne andò a casa sua, pensava continuamente a ciò che aveva visto a casa di Màrja Semjònovna e a ciò che essa gli aveva detto e letto.

Pjotr Nikolàjevic aveva mutato contegno verso il popolo, e il popolo aveva mutato contegno verso di lui. Non era passato un anno e gli avevano tagliato ventisette querce e bruciato un granaio non assicurato e un deposito. Pjotr Nikolàjevic decise che non era più possibile vivere con quella gente.

In quello stesso tempo i Liventsovy cercavano un amministratore per le loro proprietà, e il maresciallo della nobiltà raccomandò loro Pjotr Nikolàjevic come il miglior agricoltore del distretto. La tenuta dei Liventsovy era enorme, ma non dava reddito e i contadini si approfittavano di ogni cosa. Pjotr Nikolàjevic s'incaricò di mettere ordine dappertutto e, data in affitto la sua proprietà, si trasferì con la moglie in quella lontana provincia del Volga.

Pjotr Nikolàjevic aveva sempre amato l'ordine e la legalità, e ora tanto più non poteva ammettere che quella gente selvaggia, rozza si impadronisse, a dispetto della legge, di ciò che non le apparteneva. Era contento di quell'occasione di poter dar loro una lezione e si mise all'opera con energia. Fece mettere in carcere un contadino per furto di legna nel bosco, bastonò un altro perché non si era fatto da parte sulla strada e non s'era tolto il berretto. In quanto poi ai prati, per i quali c'era controversia e che i contadini dicevano spettare a loro, Pjotr Nikolàjevic dichiarò ai contadini che, se essi ci lasciavano andare il loro bestiame, egli l'avrebbe confiscato.

Venne la primavera, e i contadini, come facevano negli anni passati, mandarono il loro bestiame nei prati del padrone. Pjotr Nikolàjevic riunì tutti i suoi lavoratori e ordinò loro di spingere tutto il bestiame nel cortile della casa padronale. I contadini erano nei campi, e i lavoratori, non ostante le grida delle donne, s'impadronirono delle bestie. Tornati dal lavoro, i contadini si riunirono e andarono nel cortile del padrone, pretendendo di riavere il bestiame. Pjotr Nikolàjevic andò a loro col fucile in ispalla (tornava allora da un giro d'ispezione) e dichiarò che non avrebbe reso il bestiame se non pagavano cinquanta copeche per capo per le bestie vaccine e dieci per le pecore. I contadini si misero a gridare che i prati erano di proprietà loro, che i loro padri e i loro nonni ne avevano sempre avuto il possesso e che nessuna legge ammetteva la confisca del bestiame altrui.

– Dacci il bestiame, se no ci sarà di peggio, – disse un vecchio, avanzandosi verso Pjotr Nikolàjevic.

– Che cosa ci sarà di peggio? – gridò Pjotr Nikolàjevic, facendosi avanti a sua volta, tutto pallido, verso il vecchio.

– Daccelo per risparmiare un guaio, mangiaufo!

– Che dici? – gridò Pjotr Nikolàjevic, e colpí il vecchio al viso.

– Guardati bene dall'alzar le mani! Ragazzi, prendiamo il bestiame con la forza.

La folla si avanzò. Pjotr Nikolàjevic se ne voleva andare, ma glielo impedirono. Volle aprirsi un varco. Il suo fucile scattò e uccise un contadino. Ne venne un tremendo parapiglia. Pjotr Nikolàjevic fu calpestato. E dopo cinque minuti il suo corpo straziato fu trascinato nel burrone.

Gli uccisori furono giudicati dal tribunale militare e due furon condannati all'impiccagione.

XVIII

Nel villaggio del quale era il sarto, cinque ricchi contadini avevano affittato da un proprietario per mille e cento rubli centocinque desiatine di una terra fertile, nera come il catrame, grassa, e l'avevano distribuita ai contadini a chi per diciotto rubli la desiatina, a chi per quindici. Nessun lotto era a meno di dodici rubli la desiatina. Sicché il guadagno era buono. Per loro gli affittuari s'eran serbate cinque desiatine, e questa terra veniva loro gratis. Uno di questi compagni venne a morire e gli altri offrirono al sarto zoppo di andar socio con loro.

Quando gli affittuari cominciarono a dividere la terra, il sarto non si mise a bere la vodka con gli altri, e quando si venne a parlare di quanta terra si dovesse dare a ciascuno, il sarto disse che bisognava tassare tutti egualmente e non prendere dai subaffittuari nulla di troppo, ma solo il giusto.

– Come sarebbe a dire?

– Ma non siamo noi cristiani? Questo lo possono fare i signori, ma noi siamo cristiani. Bisogna fare secondo la volontà di Dio: questa è la legge di Cristo.

– Dove sta questa legge?

– Nel libro. Nel Vangelo. Venite domenica, io vi leggerò e discorreremo.

La domenica non andarono tutti, ma tre soltanto dal sarto ed egli si mise a legger loro.

Lesse cinque capitoli di Matteo, e poi si misero a discorrere. Tutti avevano ascoltato, ma uno soltanto, Ivàn Cjùjev, aveva penetrato il senso della lettura. E l'aveva penetrato talmente che si mise a vivere secondo la volontà di Dio. E in famiglia sua tutti si misero a vivere così. Egli rinunciò a tutta la terra superflua e prese soltanto la sua parte.

E molti cominciarono ad andare dal sarto e da Ivàn, e cominciarono a capire, e capirono tanto che smisero di fumare, di bere, di dir parolacce, e cominciarono ad aiutarsi l'un l'altro. E smisero di andare in chiesa e portarono le immagini al pop. E così vissero diciassette famiglie, sessantacinque anime in tutto. Il prete si spaventò e ne riferì al vescovo. Il vescovo pensò al da farsi e decise di mandare in quel villaggio l'archimandrita Misaìl, già maestro di religione al ginnasio.

Il vescovo fece sedere Misaìl accanto a sé e cominciò a parlargli delle novità che c'erano nella sua diocesi.

– Tutto ciò proviene dalla debolezza spirituale e dall'ignoranza. Tu sei uomo dotto, io spero in te. Va, chiamali e spiega tutto davanti al popolo.

– Se Monsignore mi dà la sua benedizione, io farò tutto il possibile, – disse il padre Misaìl. Egli era contento di questa missione. Tutto ciò che poteva dimostrare che egli credeva lo rallegrava. E convertendo gli altri, egli più fortemente che in qualunque altro modo si persuadeva di credere.

– Fa di tutto; io soffro molto per il mio gregge, – disse il vescovo, prendendo lentamente con le sue mani bianche e grassotte il bicchiere di tè che gli porgeva un converso.

– Perché una sola specie di confetture? Portane un'altra, – si rivolse egli al converso. – Mi è molto, molto doloroso, – seguitò poi il discorso con Misaìl.

Misaìl era contento di mostrare il suo zelo. Ma, non essendo ricco, chiese il denaro per le spese di viaggio e, temendo l'opposizione brutale del popolo, chiese anche un ordine del governatore perché fosse messa a sua disposizione la polizia locale, in caso di bisogno.

Il vescovo gli procurò tutto, e Misaìl, avendo preparato con l'aiuto del suo converso e della cuoca la cassetta da viaggio e le provviste che occorrevano andando in un luogo così remoto, partì per la sua destinazione. Avviandosi a quella missione, Misaìl sentiva con piacere quanto fosse importante il suo ufficio, e nello stesso tempo come ogni dubbio intorno alla sua fede fosse sparito, ed era anzi assolutamente persuaso che essa era la vera.

I suoi pensieri erano diretti non alla sostanza della fede, – egli la riteneva un assioma, – ma a confutare le obiezioni che si potevano fare alle sue forme esteriori.

Il prete del villaggio e la moglie ricevettero Misaìl con molti onori e il giorno che seguì quello del suo arrivo riunirono il popolo in chiesa. Misaìl, in una nuova sottana di seta, con la croce pettorale, i capelli ben pettinati, salì sull'ambone con accanto a sé il prete e un po' più là i suddiaconi, i cantori, e ai lati della porta alcuni agenti di polizia. Vennero anche i settari, in pellicce corte, unte e bisunte.

Dopo il Te Deum, Misaìl recitò un sermone, nel quale esortava i dissidenti a tornare nel seno della madre chiesa, minacciando i tormenti dell'inferno e promettendo un intero perdono ai pentiti. I settari tacevano. Quando si cominciò a interrogarli risposero. Alla domanda: perché si erano separati, risposero che ciò era accaduto principalmente perché nella chiesa si onorano dei di legno, fatti con le mani, e che nella Scrittura non soltanto ciò non è detto, ma nelle Profezie è detto il contrario. Quando Misail domandò a Cjùjev se era vero che chiamassero le sante icone delle tavole, Cjùjev rispose: "Rivolta una qualsiasi icona e lo vedrai tu stesso". Quando fu domandato loro perché non riconoscessero i preti, risposero che nella Scrittura è detto: "Avete ricevuto gratuitamente, date gratuitamente", e i preti danno soltanto per denaro le loro benedizioni. A tutti i tentativi di Misaìl di appoggiarsi alla Santa Scrittura, il sarto e Ivàn tranquillamente, ma con fermezza rispondevano adducendo a prova la Scrittura, che essi conoscevano a fondo. Misaìl si adirò e minacciò di appellarsi al potere laico. A questo i settari risposero che sta scritto: "Mi avete perseguitato e sarete perseguitati".

La cosa finì in nulla e tutto sarebbe andato bene se il giorno seguente, alla messa, Misaìl non avesse pronunciato un sermone sulla perniciosità degli istigatori, dicendo che essi erano degni di qualsiasi pena; e fra il popolo che usciva di chiesa si cominciò a dire che bisognava dare una lezione a questi miscredenti perché non sobillassero la gente. E quel giorno stesso, mentre Misaìl faceva uno spuntino con salmone e trote, in compagnia del Reverendo e di un ispettore venuto dalla città, nel villaggio ci fu un tumulto. Gli ortodossi si affollarono presso l'izba di Cjùjev e aspettarono l'uscita dei dissidenti per bastonarli. C'erano venti settari, fra uomini e donne. Il sermone di Misaìl e ora quell'assembramento di ortodossi e i loro discorsi minacciosi suscitarono nei settari sentimenti d'ira che prima non c'erano. Venne la sera, era l'ora in cui le donne dovevano andare a mungere le vacche, e gli ortodossi stavano sempre lì ad aspettare, ed essendo uscito un ragazzo, lo percossero e lo ricacciarono nell'izba. Dentro, discutevano il da farsi e non venivano a un accordo.

Il sarto diceva: "Bisogna aver pazienza e non resistere". Invece Cjùjev diceva che, se si sopportava così, sarebbero stati tutti uccisi e, preso un paio di molle, uscì sulla strada. Gli ortodossi si gettarono su di lui.

– Su, secondo la legge di Mosè, – gridò, e si mise a percuotere gli ortodossi, e a uno cavò un occhio; gli altri scapparono lontano dall'izba e tornarono alle loro case.

Cjùjev fu giudicato per istigazione e sacrilegio, e fu condannato alla deportazione.

Il padre Misaìl ebbe una ricompensa.

Due anni indietro, era venuta a Pietroburgo a studiare dalle terre dell'Esercito del Don, una bella fanciulla, sana, di tipo orientale, di nome Turcjàninova. Questa fanciulla s'era incontrata a Pietroburgo con uno studente, Tjùrin, figlio di un sindaco della provincia di Simbìrsk, e l'aveva amato, ma l'aveva amato non del solito amore delle donne, col desiderio di diventare sua moglie e madre dei suoi figli, ma dell'amore di una compagna, amore nutrito principalmente da un senso di ribellione e di odio non soltanto contro lo stato di cose esistente, ma contro gli uomini che lo rappresentavano, e dalla coscienza della sua superiorità intellettuale, culturale e morale su di essi.

Negli studi si mostrava capace, riteneva le lezioni e dava gli esami con facilità, e oltre a ciò, divorava una enorme quantità di libri appena pubblicati. Era sicura che la sua vocazione non era di partorire e allevare bambini, – anzi riguardava con disprezzo e disgusto quelle che avevano una tale vocazione, – ma di distruggere lo stato di cose esistente, che incatenava le migliori forze del popolo, e di mostrare alla gente quella nuova via della vita che a lei avevano mostrata i più recenti scrittori europei. Grassotta, bianca e rossa, bella, con splendidi occhi neri, e una grossa treccia nera, essa risvegliava negli uomini quei sentimenti che non avrebbe voluto risvegliare e che non poteva dividere, tanto era tutta assorbita dalla sua attività di agitatrice e di propagandista. Per altro le era piacevole risvegliare quei sentimenti, e perciò, benché non si vestisse con ricercatezza, pure non trascurava la sua persona. Godeva di piacere e di poter mostrare col fatto il suo disprezzo per ciò che tanto apprezzano le altre donne. Nella sua opinione sui mezzi di lotta contro l'ordine stabilito ella andava oltre la maggior parte dei suoi compagni e del suo amico Tjùrin e ammetteva che nella lotta tutti i mezzi sono buoni e possono essere adoperati, incluso l'omicidio. Ma intanto questa stessa rivoluzionaria Kàtja Turcjàninova era una donna molto buona d'animo e capace di abnegazione, che sempre anteponeva il vantaggio, il piacere, il benessere altrui al proprio, e sempre sinceramente si rallegrava della possibilità di far cosa grata a qualcuno: a un bambino, a un vecchio, a un animale.

La Turcjàninova passava l'estate in una città di provincia presso la Volga, in casa di una sua amica, maestra di scuola in un villaggio. Nello stesso distretto viveva presso il padre anche Tjùrin. Tutti e tre insieme col medico distrettuale si vedevano spesso, si scambiavano dei libri, discutevano e si indignavano. La proprietà dei Tjùriny confinava con quella proprietà dei Liventsovy dove Pjotr Nikolàjevic era andato come amministratore. Appena Pjotr Nikolàjevic vi giunse e si mise a riordinarla, il giovane Tjùrin, vedendo nei contadini dei Liventsovy uno spirito d'indipendenza e la ferma intenzione di difendere i loro diritti, s'interessò di loro, e spesso andava nel villaggio a discorrere coi contadini, esponendo in mezzo a loro le teorie del socialismo in generale, e in particolare quella della nazionalizzazione delle terre.

Quando avvenne l'uccisione di Pjotr Nikolàjevic e si costituì il tribunale, il gruppo dei rivoluzionari del capoluogo del distretto ebbe un forte motivo di indignazione e la manifestò arditamente. Fu riportato al tribunale che Tjùrin andava al villaggio e discorreva coi contadini. Si fece una perquisizione in casa di Tjùrin, furon trovati alcuni opuscoli rivoluzionari e lo studente fu arrestato e condotto a Pietroburgo.

La Turcjàninova lo seguì e andò alle carceri per vederlo, ma non la lasciarono entrare in un giorno qualunque e fu ammessa a visitarlo soltanto nel giorno assegnato alle visite, in cui ella poteva veder Tjùrin a traverso due grate. Questa visita accrebbe ancora il suo sdegno. Questo sdegno poi fu spinto all'estremo limite da una conversazione che ella ebbe con un bellissimo ufficiale della gendarmeria che si mostrava pronto ad essere condiscendente qualora ella avesse accettato le sue proposte. Ciò la condusse al massimo grado d'indignazione e di rabbia contro tutte le autorità. Andò dal capo della polizia. Il capo della polizia le disse lo stesso che le aveva detto l'ufficiale, cioè che essi non potevano far nulla, che c'era una disposizione del ministro. Ella mandò una domanda al ministro chiedendo di poter vedere Tjùrin da sola: la sua domanda fu respinta. Allora ella si decise a un atto disperato e comprò una rivoltella.

Il ministro riceveva alla sua ora consueta. Egli passò innanzi a tre postulanti e si diresse verso la bella giovane dagli occhi neri, vestita di nero, che stava in piedi con una carta nella mano sinistra. Una piccola fiamma fra tenera e lasciva brillò negli occhi del ministro alla vista della bella postulante, ma, ricordandosi la sua posizione, il ministro fece un viso serio.

– Che cosa vi occorre? – disse egli, giungendole vicino.

Senza rispondere, ella tolse in fretta la rivoltella di sotto alla sua pellegrina e, puntandola al petto del ministro, tirò, ma il colpo andò a vuoto.

Il ministro le volle afferrare il braccio, ella si tirò indietro e sparò un secondo colpo. Il ministro fuggì via. Lei fu arrestata: tremava e non poteva parlare. E a un tratto scoppiò in una risata isterica. Il ministro non era neppure ferito.

La donna era la Turcjàninova. La misero nelle carceri di detenzione preventiva. Il ministro, avendo ricevuto i rallegramenti e insieme le condoglianze dei più alti personaggi e perfino dello stesso imperatore, nominò una commissione per fare un'inchiesta sulla trama di cui quell'attentato era conseguenza.

Naturalmente, non c'era nessuna trama, ma i funzionari della polizia segreta e della palese si misero con zelo a ricercare tutte le fila di quella trama inesistente, e coscienziosamente guadagnarono i loro stipendi e le loro gratificazioni alzandosi presto la mattina, quando era ancora buio, fecero perquisizioni su perquisizioni, elencarono le carte, i libri, lessero i diari, le lettere private, ne fecero degli estratti su bella carta, con una bella scrittura, e molte volte interrogarono la Turcjàninova e la misero a confronto, volendo a ogni costo strapparle il nome dei suoi complici.

Il ministro era un uomo di animo buono e compativa molto quella bella e sana cosacca, ma diceva a se stesso che gli incombevano dei gravi doveri di Stato che avrebbe compiuti, per quanto gli fossero penosi. E quando un suo antico compagno, un ciambellano, che conosceva i Tjùriny, s'incontrò con lui a un ballo di corte e lo pregò in favore di Tjùrin e della Turcjàninova, il ministro si strinse nelle spalle, tanto che la fascia rossa gli si increspò sul panciotto bianco, e disse:

– Je ne demanderais pas mieux que de lâcher cette pauvre fillette, mais vous savez, le devoir.

E intanto la Turcjàninova stava nelle carceri di detenzione preventiva, e a volte s'intratteneva tranquillamente coi compagni battendo dei colpi nel muro e leggeva i libri che le davano, a volte cadeva a un tratto in una furibonda disperazione, picchiava la testa nei muri, urlava o rideva.

Una volta Màrja Semjònovna riscosse alla tesoreria la sua pensione e, tornandosene, incontrò un maestro di sua conoscenza.

– Dunque, Màrja Semjònovna, avete avuto il vostro denaro? – le gridò egli dall'altra parte della strada.

– L'ho avuto, – rispose Màrja Semjònovna, – appena da tappare i buchi.

– Eh! Avete molti denari, tapperete i buchi e ne avanzerà, – disse il maestro e, salutandola, passò oltre.

– Addio, – disse Màrja Semjònovna, e nel guardare il maestro, si urtò con un uomo di alta statura, con lunghissime braccia e un viso arcigno.

Ma, avvicinandosi a casa, fu sorpresa notando di nuovo quell'uomo dalle lunghe braccia. Vedendo che ella entrava in casa, egli stette un poco fermo, poi si voltò e si allontanò.

Màrja Semjònovna provò da prima un senso di malessere, poi di tristezza. Ma quando fu entrata in casa ed ebbe distribuito i piccoli regali che portava al vecchio e al piccolo nipote scrofoloso Fèdja, e carezzato il cane Trezòrka, che abbaiava di gioia, si sentì di nuovo bene e, avendo dato il denaro al padre, si mise al lavoro che non le mancava mai.

L'uomo col quale s'era urtata era Stjepàn.

Dalla locanda, dove aveva ucciso il padrone, Stjepàn non era andato in città. E, cosa strana, il ricordo di quell'uccisione non soltanto non gli era penoso, ma ci pensava più volte al giorno. Gli piaceva pensare di aver potuto fare il colpo con tanta accortezza, e che nessuno l'avesse saputo né potesse impedirgli di rifar lo stesso su altre persone. Seduto all'osteria a prendere il tè e la vodka, osservava la gente sempre dallo stesso lato: come fare per ucciderla? Andò a passar la notte da un carrettiere suo conterraneo. Il carrettiere non era in casa. Lui disse che l'avrebbe aspettato e si mise a sedere, discorrendo con la moglie. Poi, quando lei si voltò verso la stufa, gli venne in mente di ucciderla. Era sorpreso della sua stessa idea, scoteva il capo; poi tirò fuori un coltello dal gambale dello stivalone e, buttata a terra la donna, le tagliò la gola. I bambini si misero a urlare e lui ammazzò anche loro, e uscì dalla città senza passarvi la notte. Fuori della città, in un villaggio, entrò in un'osteria e là dormì a sazietà.

Il giorno dopo andò di nuovo in città, e per la strada udì le parole scambiate fra Màrja Semjònovna e il maestro. Lo sguardo di lei lo spaventò, ma tuttavia decise d'introdursi in casa della donna e di prendere il denaro che ella aveva riscosso. Di notte ruppe la serratura ed entrò in casa. Prima a udire il rumore fu la figlia minore, maritata. Ella si mise a urlare, e Stjepàn subito l'uccise. Il cognato si svegliò e si azzuffò con lui. Afferrò Stjepàn alla gola e lottò a lungo, ma Stjepàn era il più forte. E, avendola finita col cognato, Stjepàn sconvolto, eccitato dalla lotta, passò dietro al tramezzo. Dietro al tramezzo era sdraiata nel letto Màrja Semjònovna e, sollevandosi su, guardò Stjepàn coi suoi dolci occhi spaventati e si segnò. Il suo sguardo di nuovo atterrì Stjepàn. Egli abbassò lo sguardo.

– Dov'è il denaro? – disse, senz'alzar gli occhi.

Ella taceva.

– Dov'è il denaro? – disse Stjepàn, mostrandole il coltello.

– Che fai? Si può fare una cosa simile? – disse lei.

– Certo che si può.

Stjepàn le si avvicinò, pronto ad afferrarla per le braccia, perché non gli fosse più di ostacolo, ma ella non alzò le braccia, non si oppose, strinse soltanto le braccia al petto e, sospirando faticosamente, ripetè:

– Oh, che gran peccato! Abbi pietà di te stesso. Tu uccidi le anime degli altri, ma più di tutto la tua. Oh! – gemeva.

Stjepàn non potè più oltre sostenere i suoi sguardi e la sua voce, e le ficcò il coltello nella gola. – "Non ho a far chiacchiere con voi".– Ella ricadde sul guanciale e rantolò, inondando il guanciale di sangue. Egli si voltò dall'altra parte e si mise a girare per le stanze, prendendo gli oggetti che trovava. Dopo avere rubato quel che gli conveniva, Stjepàn accese una sigaretta, si mise a sedere, si ripulì il vestito, poi uscì. Pensava che anche quell'assassinio gli sarebbe andato via dalla mente come gli altri ma, prima di giungere a un rifugio per la notte, a un tratto risentì tale stanchezza che non potè più muovere le membra. Si sdraiò in un fossato e passò lì il resto della notte e anche tutto il giorno e la notte seguenti.

PARTE SECONDA

I

Disteso nel fossato, Stjepàn vedeva sempre davanti a sé il viso magro, dolce, spaventato di Màrja Semjònovna, e udiva la voce di lei. "Ma si può fare una cosa simile?" diceva la sua voce un po' blesa, così speciale, in tono di lamento. E Stjepàn di nuovo riviveva tutta la scena con lei. E lo prendeva il terrore, ed egli chiudeva gli occhi, e scoteva la sua testa capelluta, per iscacciarne quei pensieri e quei ricordi. E per un momento si liberava dai ricordi, ma invece di questi gli appariva prima una figura nera, e poi un'altra, e ancora altre e altre figure nere con gli occhi rossi, e facevano smorfie, e tutte dicevano la stessa cosa: l'hai finita con lei – e ora finiscila con te stesso, se no, non ti daremo riposo. Egli apriva gli occhi e di nuovo vedeva lei e udiva la sua voce, e sentiva pietà di lei e disgusto e terrore di sé. E di nuovo chiudeva gli occhi, e di nuovo le figure nere.

Verso la sera del secondo giorno si alzò e andò in un'osteria. A stento si trascinò fin là a si mise a bere. Ma, per quanto bevesse, l'ubriachezza non lo vinceva. Se ne stava seduto alla tavola e beveva bicchiere su bicchiere. Nell'osteria entrò un agente di polizia.

– Chi sei? – gli domandò l'agente.

– Son quello stesso che ieri uccise tutti in casa di Dobrotvòrov.

Lo legarono e, dopo avergli fatto passare un giorno al commissariato, lo diressero verso il capoluogo del distretto. Il direttore della prigione, riconoscendo in lui l'antico detenuto turbolento, diventato ora un gran malfattore, lo ricevette con severità.

– Bada che da me non si scherza, – brontolò il direttore, aggrottando le sopracciglia e facendo sporgere la mascella inferiore. – Se appena mi accorgo di qualche cosa, ti chiudo a chiave. Da me non scappi.

– Perché dovrei scappare? – rispose Stjepàn, abbassando gli occhi, – mi son dato io stesso nelle vostre mani.

– Su, con me c'è poco da discorrere. E quando una autorità ti parla, guarda negli occhi, – gridò il direttore e lo colpì con un pugno sotto alla mascella.

Stjepàn, in quel momento, vide di nuovo lei e udì la sua voce. Non sentiva quel che gli diceva il direttore.

– Che? – domandò, rientrando in sé, quando sentì il colpo sul viso.

– Va, va, marche! Non c'è da simulare.

Il direttore s'aspettava da lui del chiasso, delle intese con gli altri detenuti, dei tentativi di fuga. Ma non ci fu nulla di questo. Quando guardavano dalla spia della sua porta o il carceriere o lo stesso direttore, vedevano Stjepàn seduto su di un sacco pieno di paglia, con la testa fra le mani, che mormorava qualcosa fra sé. Agli interrogatori del giudice istruttore, egli non era come gli altri detenuti: era distratto, non udiva le domande, e quando le capiva, rispondeva con tanta semplicità che il giudice, abituato a dover lottare di astuzia e di sottigliezza coi giudicabili, provava un senso simile a quello che si prova quando si alza un piede per salire uno scalino che non c'è. Stjepàn raccontava tutti i suoi delitti, aggrottando le sopracciglia e fissando gli occhi in un punto qualunque, col tono più semplice, come se parlasse di affari, sforzandosi di ricordare tutti i particolari: "ero uscito, – raccontava Stjepàn il suo primo assassinio, – scalzo, m'ero affacciato alla porta, e, si sa, lo colpii una volta, lui si mise a rantolare, e io allora subito afferrai la donna," e così di seguito. Alla visita che fece alle carceri il procuratore, fu domandato a Stjepàn se avesse da far lagnanze e se avesse bisogno di qualche cosa, ed egli rispose che non aveva bisogno di nulla e che nessuno lo maltrattava. Il procuratore, fatti alcuni passi nel corridoio puzzolento, si fermò e, al direttore della prigione che l'accompagnava, domandò come si comportasse quel detenuto.

– Non cesso di meravigliarmi sul conto suo, – rispose il direttore, contento che Stjepàn avesse lodato il modo come veniva trattato. – È il secondo mese che è qui da noi, e la sua condotta è esemplare. Soltanto temo che non almanacchi qualcosa. È un uomo coraggioso e ha una forza non comune.

Nel primo mese di carcere, Stjepàn non cessava di tormentarsi continuamente per la stessa cosa: vedeva il muro grigio della cella, udiva i rumori del carcere, il chiasso sotto di sé nella camerata comune, i passi del guardiano nel corridoio, il battere dell'orologio, e insieme con tutto ciò vedeva lei col suo sguardo dolce, che lo aveva soggiogato fin dall'incontro per la strada, e il suo collo magro, rugoso che egli aveva lacerato col coltello, e udiva la sua voce commovente, lamentevole, blesa: "Uccidi le anime degli altri e la tua: ma si può fare questo?" – Poi la voce taceva e apparivano le figure nere. E apparivano lo stesso, avesse gli occhi aperti o chiusi. Quando aveva gli occhi chiusi, erano più nette. Quando Stjepàn apriva gli occhi, esse si confondevano con le porte, con le pareti e poco a poco sparivano, ma poi di nuovo venivano e si avanzavano verso di lui da tre parti, facendo smorfie e dicendo: falla finita, falla finita. Si può fare un laccio, si può appiccare il fuoco. – E qui Stjepàn era preso da un tremito e si metteva a recitar preghiere, quelle che sapeva: l'Ave Maria, il Padre Nostro, e da principio gli pareva di averne aiuto. Dicendo le preghiere cominciava a ripensare alla sua vita: si ricordava il padre, la madre, il villaggio, Lupetta – una cagna, il nonno sulla stufa, le panche sulle quali ruzzolavano loro ragazzi: poi si ricordava le ragazze con le loro canzoni, poi i cavalli che gli avevano rubati, come era stato preso il ladro, e come lui l'aveva finito con una sassata. E si ricordava la sua prima prigione e come ne era uscito, e si ricordava il grasso albergatore, la moglie del carrettiere, i bambini, e poi di nuovo ripensava a lei. E allora si sentiva oppresso e, lasciandosi cadere il giubbone dalle spalle, saltava giù dal tavolato e cominciava, come una fiera in gabbia, a camminare a rapidi passi in su e in giù per la sua angusta cella, facendo un brusco voltafaccia davanti alla parete umida e sudicia. E di nuovo recitava preghiere, ma le preghiere non lo aiutavano più.

In una lunga serata d'autunno, quando il vento fischiava e gemeva nei condotti, egli, dopo aver passeggiato per la cella, s'era seduto sul suo giaciglio e aveva sentito che non era più possibile lottare, che i fantasmi neri avevano vinto e che egli era in loro balia. Da un pezzo già aveva esaminato la bocca della stufa: se ci si mettevano intorno delle cordicelle o delle strisce di tela sottili, allora appendendovisi non sarebbe potuto scivolare. Ma bisognava farlo bene. Si mise all'opera e per due giorni preparò delle strisce con la fodera del saccone sul quale dormiva (quando entrava il carceriere, copriva il giaciglio col suo giubbone). Univa le strisce con dei nodi e le metteva a doppio perché non si lacerassero e sostenessero il peso del corpo. Mentre preparava tutto ciò, cessava dal tormentarsi. Quando tutto fu pronto, fece un nodo scorsoio, se lo passò intorno al collo, salì sul letto e s'impiccò. Ma appena la lingua gli cominciava a uscir fuori, le strisce si ruppero e cadde. Al rumore accorse il carceriere. Chiamarono l'aiuto chirurgo e lo portarono all'ospedale. Il giorno seguente s'era riavuto del tutto, lo tolsero dall'ospedale e lo misero non più in una cella isolata, ma nella camerata comune.

Nella camerata comune egli viveva fra venti uomini come se fosse stato solo: non vedeva nessuno, non parlava con nessuno, e si tormentava come prima. Gli erano soprattutto penose le ore quando tutti dormivano, e lui non dormiva e come in passato vedeva lei, ascoltava la sua voce, poi di nuovo apparivano le figure nere, coi loro terribili occhi, e lo stuzzicavano.

Di nuovo, come prima, recitava preghiere e, come prima, non ne aveva nessun aiuto. Una volta, quando dopo la preghiera ella gli apparve di nuovo, egli si mise a pregarla, a pregare la sua anima perché lo lasciasse in pace e gli perdonasse. E quando verso la mattina si lasciò andare sul saccone tutto pesto, si addormentò di un sonno pesante, e in sogno ella, col suo magro collo rugoso, lacerato dal coltello, venne verso di lui:

– Ebbene, mi perdoni?

Ella lo guardò col suo dolce sguardo e non disse nulla.

– Mi perdoni?

Fino a tre volte glielo domandò. Ma ella non disse mai nulla ed egli si svegliò. Da quel momento si sentì meno oppresso, e parve che fosse rientrato in sé, si guardò intorno, e per la prima volta cominciò ad avvicinare i suoi compagni di cella e a parlare con loro.

III

Nella stessa cella di Stjepàn era Vasìlij, arrestato di nuovo per furto e condannato alla deportazione, e Cjùjev, anche lui condannato al domicilio coatto. Vasìlij tutto il tempo o cantava canzoni con la sua bella voce o raccontava ai compagni le sue avventure. Cjùjev invece o lavorava, cuciva qualche cosa, vestiti o biancheria, oppure leggeva il Vangelo o il salterio.

Alla domanda di Stjepàn, perché l'avessero condannato alla deportazione, Cjùjev gli spiegò che l'avevano condannato per la vera fede di Cristo, perché i preti, ingannatori dello spirito, non potevano sopportare coloro che vivevano secondo il Vangelo e li denunziavano. Quando poi Stjepàn domandò a Cjùjev in che consiste la legge del Vangelo, Cjùjev gli spiegò che la legge del Vangelo consiste nel non adorare iddii fabbricati dalla mano degli uomini, ma inchinarsi nello spirito e nella verità. E raccontava come avesse appreso questa vera fede dal sarto paralizzato nelle gambe, al tempo della divisione delle terre.

– E che ci sarà per le cattive azioni? – domandò Stjepàn.

– Tutto è detto.

E Cjùjev gli lesse:

"Quando poi il figlio dell'uomo verrà nella sua gloria e tutti i santi angeli con lui, allora siederà sul trono della sua gloria e tutti i popoli si aduneranno davanti a lui; e separerà gli uni dagli altri, come il pastore separa le pecore dai capri, e metterà le pecore alla sua destra e i capri alla sua sinistra. Allora il Re dirà a coloro che saranno alla sua destra: "Venite, o voi benedetti dal Padre mio, possedete il Regno preparato per voi fin dalla creazione del mondo: poiché io ebbi fame e voi mi deste da mangiare, io ebbi sete e voi mi deste da bere, ero pellegrino e mi accoglieste, ero nudo e mi vestiste, ero ammalato e mi visitaste, ero in carcere e veniste a me". Allora i giusti gli risponderanno: "Signore! Quando mai t'abbiamo veduto affamato e ti abbiamo nutrito? o assetato e t'abbiamo dato da bere? Quando ti abbiamo veduto pellegrino e ti abbiamo ospitato, nudo e ti abbiamo vestito? Quando ti abbiamo veduto ammalato o prigioniero e siamo venuti a te?" E il Re risponderà loro: "In verità vi dico: che quanto avete fatto per uno dei più piccoli fra i miei fratelli, tanto avete fatto per me". Allora dirà a coloro che saranno alla sua sinistra:

"Andate via da me, maledetti, andate nel fuoco eterno, preparato per il diavolo e per i suoi angeli: poiché io avevo fame e voi non mi deste da mangiare; avevo sete e voi non mi deste da bere; ero pellegrino e voi non mi ospitaste; ero nudo e voi non mi vestiste; ero ammalato e prigioniero e voi non mi visitaste". Allora costoro gli risponderanno: "Signore! Quando mai ti abbiamo veduto affamato, o assetato, o pellegrino, o nudo, o ammalato, o prigioniero, e non ti abbiamo servito?". Allora egli risponderà loro: "In verità vi dico, se non lo avete fatto a uno di questi piccoli, non lo avete fatto a me". E costoro andranno all'eterno tormento, e i giusti alla vita eterna". (Matteo XXV, 3146)

Vasìlij, che s'era accoccolato in terra di faccia a Cjùjev e ascoltava la lettura, scoteva la sua bella testa in segno di approvazione.

– Sicuro, – disse egli risolutamente, – andate, dirà, o maledetti, all'eterno tormento, voi che non nutriste nessuno e vi rimpinzaste. Così è giusto. Da' un po' qua, leggerò io, – aggiunse, volendo far vedere che sapeva leggere.

– Ma come? Non ci sarà perdono? – domandò Stjepàn, che aveva ascoltato in silenzio la lettura, tenendo bassa la sua testa chiomata.

– Aspetta, sta zitto, – disse Cjùjev a Vasìlij, il quale sempre seguitava a leggere dei ricchi che non avevano nutrito il pellegrino e non avevano visitato i prigionieri. – Aspetta, – ripeté Cjùjev, sfogliando il Vangelo. Avendo trovato ciò che cercava, Cjùjev stirò la pagina con la sua grossa mano diventata bianca in carcere.

– E conducevano a morte con lui, con Cristo, cioè, cominciò Cjùjev, – anche due ladroni. E quando giunsero al luogo destinato al supplizio, crocifissero lui e i due ladroni, uno a destra, l'altro a sinistra. E Gesù disse allora: "Padre, perdona loro poiché non sanno quello che fanno..." E il popolo stava là e guardava. E scherzavano col popolo anche i soprastanti, dicendo: "Ha salvato gli altri, che salvi se stesso, se egli è il Cristo, l'eletto di Dio". Anche i soldati l'ingiuriavano, e avvicinandosi gli porgevano dell'aceto e dicevano: "Se sei il re dei Giudei, salvati". E sopra di lui era stata posta una scritta, in greco, in latino e in ebraico: costui è il re dei Giudei. Uno dei due ladroni crocifissi l'insultava anch'egli e diceva: "Se sei il Cristo, salva te e noi". L'altro invece lo sgridò e disse: "Non temi tu Dio, quando sei condannato allo stesso supplizio? E noi siamo condannati giustamente poiché riceviamo quel che meritiamo coi nostri delitti; ma egli non ha fatto nulla di male". E disse a Gesù: "Ricordati di me, Signore, quando entrerai nel tuo regno". E disse a lui Gesù: "In verità ti dico: oggi sarai meco in paradiso."(Luca XXIII, 3243)

Stjepàn non diceva nulla e se ne stava pensieroso come se ascoltasse, ma non udiva più ciò che Cjùjev seguitava a leggere.

"Ecco in che consiste la vera fede, pensava. Si salveranno soltanto coloro che hanno dato da mangiare e da bere ai poveri, che hanno visitato i carcerati, e andranno all'inferno coloro che non hanno fatto questo. Eppure il ladrone si è pentito soltanto sulla croce, ma è andato in paradiso." Egli non vedeva in ciò nessuna contraddizione, anzi, una cosa confermava l'altra: che i buoni andassero in paradiso e i cattivi all'inferno significava che tutti debbono essere buoni e che Cristo avesse perdonato al ladrone significava che Cristo era misericordioso. Tutto ciò era assolutamente nuovo per Stjepàn, ma egli si meravigliava soltanto che fino allora ciò gli fosse stato nascosto. E tutto il tempo libero lo passava con Cjùjev, interrogandolo e ascoltandolo. E ascoltando, capiva. Il senso generale di tutta la dottrina gli era stato rivelato e consisteva in questo: che gli uomini sono fratelli e debbono amarsi e compatirsi l'un l'altro e allora sarà bene per tutti, e quando egli ascoltava, gli pareva di afferrare come qualcosa che avesse già saputo e dimenticato, tutto ciò che confermava il senso generale di quella dottrina, e gli andava via dagli orecchi tutto ciò che non lo confermava, e lo attribuiva alla sua incomprensione. E da quel tempo, Stjepàn diventò un altr'uomo.

IV

Stjepàn Pelaghèjuskin anche prima era pacifico, ma negli ultimi tempi egli sorprendeva anche il direttore, e i carcerieri, e i compagni per il cambiamento avvenuto in lui. Senza averne ricevuto l'ordine e senza che toccasse a lui, faceva tutti i lavori più penosi e fra questi la pulizia dei vasi immondi. Ma non ostante questa sua umiltà, i compagni lo rispettavano e lo temevano, conoscendo la sua energia e la sua gran forza fisica, specialmente dopo quanto gli era successo con due vagabondi che gli si erano buttati addosso, ma dei quali egli si sbarazzò, rompendo il braccio a uno di loro. Questi vagabondi s'erano proposti di spogliare al giuoco un giovane detenuto che aveva del denaro, e difatti gli tolsero tutto quel che aveva. Stjepàn intervenne e tolse loro il denaro guadagnato. I vagabondi l'ingiuriarono e poi lo percossero, ma egli li vinse tutti e due. Quando il direttore s'informò del motivo di quella rissa, i vagabondi dichiararono che Pelaghèjuskin li aveva battuti, Stjepàn non si giustificò e accettò docilmente il castigo che consisteva in tre giorni di reclusione e nel trasferimento in una cella isolata.

La cella isolata era penosa per lui perché lo separava da Cjùjev e dal Vangelo e, oltre a ciò, egli temeva che tornasse di nuovo la visione di lei e degli spettri neri. Ma non ci furono visioni. Tutta l'anima sua era piena di un nuovo contenuto che la rallegrava. Sarebbe stato contento della sua solitudine, se avesse potuto leggere e se avesse posseduto il Vangelo. Il Vangelo glielo avrebbero dato, ma non poteva leggerlo.

Da piccolo aveva cominciato a imparare a leggere secondo il metodo antico: l'a, il b, il v , ma per poca capacità non era andato oltre l'alfabeto e non aveva mai potuto capire la formazione delle sillabe, e così era rimasto analfabeta. Ora però decise d'imparare a leggere e chiese al carceriere il Vangelo. Il carceriere glielo portò ed egli si mise al lavoro. Riconosceva le lettere, ma non riusciva a metterle insieme. Per quanto si arrabattasse per capire come con le lettere si formassero le parole, non riusciva a nulla. La notte non dormiva, pensava sempre, non aveva voglia di mangiare, e l'angoscia che provava lo avvilì tanto che fu invaso dai pidocchi al punto da non potersene liberare.

– Ebbene, non ci sei ancora arrivato? – domandò una volta il carceriere.

– No.

– Ma sai il "Padre nostro?"

– Lo so.

– Se lo sai, leggilo, eccolo, – e il carceriere gli mostrò il "Padre nostro" nel Vangelo. Stjepàn cominciò a leggere il "Padre nostro" paragonando le lettere che conosceva coi suoni che conosceva. E a un tratto gli si rivelò il segreto della combinazione delle lettere e cominciò a leggere. Fu una gran gioia. E da quel momento si mise a leggere, e il senso che a poco a poco si sprigionava dalle parole messe assieme con difficoltà riceveva un significato ancora più grande.

La solitudine ora non gli pesava più, ma anzi lo rallegrava. Era tutto preso dal suo lavoro, e non si rallegrò punto quando lo ricondussero di nuovo nella camerata comune, perché le celle fossero libere per alcuni detenuti politici arrivati di fresco.

Ora non era più Cjùjev, ma Stjepàn che spesso nella camerata leggeva il Vangelo, e alcuni detenuti cantavano canzoni oscene, mentre altri ascoltavano la sua lettura e i suoi discorsi su ciò che aveva letto. Due di loro poi l'ascoltavano sempre in silenzio e con attenzione: un ergastolano, assassino, che faceva da boia, Machòrkin, e Vasìlij, il quale di nuovo aveva commesso un furto e, aspettando il giudizio, stava nello stesso carcere. Machòrkin, due volte durante la sua permanenza in prigione, aveva prestato l'opera sua, tutt'e due le volte in luoghi lontani, perché non si trovava chi volesse eseguire le condanne pronunziate dal tribunale. I contadini che avevano ucciso Pjotr Nikolàjevic erano stati giudicati da un tribunale militare e due di loro erano stati condannati alla pena di morte mediante impiccagione.

Machòrkin fu richiesto a Pènza per l'adempimento del suo dovere. Per il passato, in simili casi egli scriveva subito – sapeva scrivere bene, – un esposto al governatore nel quale spiegava che egli era stato comandato a Pènza per l'adempimento dei suoi doveri e perciò pregava il capo del distretto di fargli assegnare il denaro che gli spettava per il soggiorno e il nutrimento; ora però, con meraviglia del direttore della prigione, dichiarò che non sarebbe andato e non avrebbe più compiuto le funzioni di boia.

– E hai dimenticato la frusta? – gridò il direttore della prigione.

– Sia pure, la frusta! ma non c'è legge che comandi di uccidere.

– E che? Hai imparato ciò da Pelaghèjuskin? Si è trovato un profeta in carcere. Ma aspetta!

Intanto, Màchin, quello studente di ginnasio che aveva insegnato a falsificare la cedola, aveva finito il ginnasio e il corso universitario nella facoltà di giurisprudenza. In grazia dei suoi successi con le donne, e specialmente con l'ex favorita di un vecchio sostituto d'un ministro, era stato nominato, giovanissimo, giudice istruttore. Era un uomo disonesto, pieno di debiti, seduttore di donne, giocatore, ma era abile, accorto, dotato di un'eccellente memoria, e sapeva condurre bene gli affari. Era giudice istruttore in quel distretto nel quale doveva esser giudicato Stjepàn Pelaghèjuskin. Fin dal primo interrogatorio Stjepàn lo sorprese per le sue risposte semplici, giuste e tranquille. Màchin sentiva inconsciamente che quell'uomo che stava davanti a lui, in catene e con la testa rasa, che due soldati conducevano e guardavano e poi riconducevano nella sua cella, che quell'uomo, dico, era interamente libero e moralmente stava a un'altezza incommensurabile al disopra di lui. E quindi, interrogandolo, si stimolava continuamente e si eccitava per non lasciarsi turbare e confondere. Lo aveva colpito il modo con cui Stjepàn parlava dei suoi misfatti come di cosa passata da molto tempo, compiuta non da lui, ma da qualche altra persona.

– Ma tu non avevi pietà di loro? – domandava Màchin.

– Non ne avevo pietà. Allora non capivo.

– E adesso?

Stjepàn sorrise con tristezza.

– Ora, se mi arrostissero al fuoco, non lo farei.

– E perché mai?

– Perché ho capito che tutti gli uomini sono fratelli.

– Ma io dunque son tuo fratello?

– Sicuro.

– E come io, tuo fratello, posso condannarti all'ergastolo?

– Per incomprensione.

– Che dici? Io non capisco?

– Non capite, se giudicate.

– Via, seguitiamo. Dopo, dove andasti?

Più di tutto però stupì Màchin quel che egli apprese dal direttore intorno all'autorità di Pelaghèjuskin sul boia Machòrkin, che, rischiando d'essere punito, si era rifiutato di adempiere al suo obbligo.

VII

A una serata in casa Jeròpkin, dove erano due signorine, due ricchi partiti, entrambe corteggiate da Màchin, dopo che si furon cantate le romanze, nelle quali specialmente si distinse Màchin, temperamento molto musicale, – faceva assai bene da seconda voce e accompagnava al pianoforte, – egli si mise a raccontare molto fedelmente e minutamente – aveva un'ottima memoria, – e con assoluta indifferenza, dello strano delinquente che aveva convertito il boia. Màchin poteva rammentarsi di tutto e raccontar così bene perché era sempre assolutamente indifferente alle persone con le quali aveva da fare. Egli non entrava, non sapeva entrare nello stato d'animo delle altre persone, e perciò poteva ricordar così bene tutto ciò che era accaduto loro, tutto ciò che avevano fatto e detto. Ma Pelaghèjuskin lo aveva interessato. Egli non era penetrato nell'anima di Stjepàn, ma involontariamente si era posto la domanda: che cosa c'è nell'anima sua? E, non avendo trovato una risposta, ma sentendo che c'era qualcosa di interessante, narrò a quella serata tutto il fatto: la conversione del boia e i racconti del direttore sullo strano modo di comportarsi di Pelaghèjuskin, e come egli leggesse il Vangelo e che forte autorità avesse sui compagni.

La narrazione di Màchin interessò tutti, ma più di tutti la piccola Lìza Jeròpkina, una fanciulla di diciott'anni, uscita allora allora di collegio, e che appena cominciava a riaversi dalla ristrettezza e dalla falsità dell'ambiente nel quale era cresciuta e, come chi esce dall'acqua, aspirava con passione l'aria fresca della vita. Ella cominciò a interrogare Màchin sui particolari del fatto: come, perché era accaduto quel cambiamento in Pelaghèjuskin, e Màchin raccontò ciò che aveva udito dall'agente di polizia sull'ultimo assassinio e ciò che narrava lo stesso Pelaghèjuskin: come, cioè, la dolcezza, la rassegnazione, la serenità davanti alla morte di quella donna eccellente che egli aveva uccisa per ultimo l'avevano vinto, gli avevano aperto gli occhi, e come poi la lettura del Vangelo aveva compiuto l'opera.

Per un pezzo quella notte Lìza Jeròpkina non poté dormire. Già da alcuni mesi in lei c'era una lotta fra la vita mondana, nella quale la sorella la trascinava, e la sua inclinazione per Màchin, unita al desiderio che ella aveva di emendarlo. E ora l'ultima cosa ebbe il sopravvento. Anche prima aveva sentito parlare dell'assassinata. Ora poi, dopo quella terribile morte, e il racconto di Màchin con le parole di Pelaghèjuskin, ella conosceva nei suoi particolari la storia di Màrja Semjònovna ed era colpita da tutto ciò che aveva appreso di lei.

Lìza provò il desiderio appassionato di essere simile a Màrja Semjònovna. Era ricca e temeva che Màchin le facesse la corte per i suoi denari. E decise di dar via tutta la sua proprietà e lo disse a Màchin.

Màchin fu contento dell'occasione di mostrare il suo disinteresse e disse a Lìza che egli non l'amava per i suoi denari e che questa sua generosa risoluzione lo commoveva. Intanto era cominciata per Lìza la lotta con suo padre (la fortuna le veniva da parte della madre) che non le permetteva di dar via la proprietà. E Màchin aiutava Lìza. E quanto più egli agiva così, tanto più egli capiva quel mondo completamente diverso di aspirazioni spirituali che vedeva in Lìza e che fino allora gli era rimasto estraneo.

VIII

Tutto taceva nella camerata. Stjepàn era sdraiato al suo posto, sul tavolaccio, e non dormiva ancora. Vasílij si avvicinò e, presolo per una gamba, gli fece un segno perché si alzasse e venisse a lui. Stjepàn saltò giù dal tavolaccio e andò da Vasìlij.

– Su fratello, – disse Vasìlij, – lavora un po', aiutami.

– In che ti posso aiutare?

– Ecco, io voglio scappare.

E Vasìlij rivelò a Stjepàn che già tutto era pronto per scappare.

– Domani li farò ribellare, – e accennava a quelli che erano a letto. – Diranno che sono stato io. Mi condurranno di sopra, e una volta là, so io come fare. Soltanto svitami la serratura del deposito mortuario.

– Questo si può fare. Ma dove andrai?

– Ma... dove le gambe mi porteranno. C'è forse poca gente cattiva?

– È vero, fratello, ma non sta a noi giudicare.

– Ma che? Sono forse un assassino? Io non ho ancora perduto una sola anima, e in quanto a rubare, che c'è di male? E loro non rubano ai nostri fratelli?

– Questo è affar loro e ne dovranno risponder loro.

– Perché stare a guardar gli altri? Ebbene, io ho svaligiato una chiesa, a chi ho fatto male? Ora voglio fare in modo da svaligiare non una botteguccia qualunque, ma la cassa dello Stato, per prendere il denaro e distribuirlo. Distribuirlo alla brava gente.

In quel momento si alzò dal tavolaccio uno dei detenuti e cominciò a guardare intorno. Stjepàn e Vasìlij si separarono.

Il giorno seguente, Vasìlij fece come aveva detto.

Cominciò a lamentarsi del pane che era molliccio ed eccitò tutti i detenuti a far chiamare il direttore e a esporre i loro reclami.

Il direttore venne, rimproverò tutti e, avendo appreso che Vasìlij era l'istigatore di tutto l'affare, ordinò che si mettesse separato dagli altri, solo, in una cella del piano superiore.

Era ciò che occorreva a Vasìlij.

IX

Vasìlij conosceva la cella del piano di sopra, nella quale lo misero. Ne conosceva l'impiantito, e non appena capitò là dentro, subito cominciò a sconnetterlo. Quando fu possibile passar attraverso il buco che aveva fatto, si mise a sconnettere le tavole del soffitto e saltò al piano di sotto, dov'era il deposito mortuario. In quel giorno c'era un solo morto steso sulla tavola. In quello stesso luogo erano depositati dei sacchi da servire per i pagliericci. Vasìlij lo sapeva e aveva fatto i suoi conti su quella cella. La serratura era svitata. Vasìlij uscì dalla porta e andò nella latrina che era in costruzione in fondo al corridoio. In quella latrina c'era un foro che dal terzo piano scendeva fino al pianterreno e al sottosuolo. Trovata a tentoni la porta, Vasìlij tornò nel deposito mortuario, tolse il lenzuolo che copriva il morto, freddo come il ghiaccio (gli aveva toccato una mano nel togliere il lenzuolo), poi prese i sacchi e li legò uno all'altro con nodi, così da farne una corda, e portò questa corda di sacchi nella latrina: lì, legò la corda a una trave e, tenendosi a quella, scese giù. La corda non giungeva al suolo. Non sapeva se ci voleva ancora molto o poco, ma non c'era nulla da fare: si sospese e fece un salto. Si fece male a un piede, ma poteva camminare. Nel sottosuolo c'erano due finestre. Si poteva passare per quelle, ma c'erano delle inferriate. Bisognava romperle. Come? Vasìlij si mise a frugare dappertutto. Nel sottosuolo c'erano delle tavole tagliate. Ne trovò una con una punta acuta e si mise a svellere i mattoni che tenevano le inferriate. Lavorò a lungo. I galli avevano già cantato due volte e la inferriata resisteva sempre. Finalmente da una parte cominciò a venir via. Vasìlij infilò la tavola, spinse, l'inferriata si staccò tutta, ma un mattone cadde con fracasso. Le sentinelle potevano avere inteso. Vasìlij rabbrividì. Tutto era silenzio. Egli s'infilò per la finestra. Scivolò fuori. Ora doveva scavalcare il muro. In un angolo del cortile c'era una costruzione addossata a quello. Bisognava arrampicarsi su e poi scalare il muro. Doveva prendere con sé la tavola fatta a punta. Senza di quella non avrebbe potuto arrampicarsi. Vasìlij tornò indietro. Sgusciò di nuovo fuori con la tavola e di nuovo rabbrividì udendo il passo della sentinella. La sentinella, secondo il conto che egli aveva fatto, camminava dall'altra parte del cortile quadrato. Vasìlij si avvicinò alla piccola costruzione, ci appoggiò la tavola, salì su. La tavola scivolò e lui cadde. Vasìlij aveva le calze, se le tolse per aggrapparsi coi piedi, appoggiò di nuovo la tavola, ci saltò su e afferrò con le mani la grondaia. – Eh! non ti rompere, reggimi! – Si tenne alla grondaia, ed eccolo con le ginocchia sul tetto. Viene la sentinella. Vasìlij si sdraia e resta immobile.

La sentinella non lo vede e di nuovo si allontana. Vasìlij salta su. Il ferro cigola sotto i suoi piedi. Ancora un passo, due, ecco il muro. Una mano, poi l'altra, si stende tutto, ed eccolo sul muro. Basta che saltando giù non si ammazzi! Vasìlij si rivolta, si sospende per le braccia, si allunga, si lascia andare con una mano, poi con l'altra. – Signore, abbi misericordia! – È a terra. E la terra è molle. Le gambe sono salve, e si mette a correre.

Nel sobborgo, Malànja gli apre la porta, ed egli s'infila sotto la coperta fatta di piccoli pezzi, calda, che emana un odor di sudore.

X

Forte, bella, sempre tranquilla, senza figli, grassa come una vacca sterile, la moglie di Pjotr Nikolàjevic aveva veduto dalla finestra come avevano ucciso suo marito e come lo avevano strascinato in qualche campo. Il sentimento di terrore che aveva provato Natàlja Ivànovna (così si chiamava la vedova di Pjotr Nikolàjevic) alla vista di quell'uccisione era stato così forte che, come sempre succede, aveva soffocato in lei qualunque altro sentimento. Quando poi tutta la folla fu scomparsa dietro alla siepe del giardino, e il rumore delle voci si fu chetato, e Malànja, la ragazza che li serviva, scalza, con gli occhi spiritati, venne di corsa con la notizia, come se fosse stata una cosa allegra, che avevano ucciso Pjotr Nikolàjevic e l'avevano buttato in un burrone, a quel primo sentimento di terrore se ne sostituì un altro: il sentimento di gioia d'esser liberata da un despota, dagli occhi nascosti sotto gli occhiali neri, che per diciannove anni l'aveva tenuta in schiavitù. Ella si sgomentò di questo sentimento che non osava confessare a sé stessa e tanto meno mostrare ad alcuno. Quando ebbero lavato il corpo sformato, giallo, peloso, lo ebbero vestito e messo nella bara, ella si spaventò e cominciò a piangere e a singhiozzare. Quando venne il giudice istruttore per i processi di particolare gravità e l'interrogò come testimone, ella vide là nell'appartamento del giudice due contadini incatenati, riconosciuti come i principali colpevoli. Uno era già vecchio, con una lunga barba biondiccia, tutta riccioli, con un bel viso calmo e austero; l'altro era un uomo dal tipo di zingaro, non vecchio, con occhi neri e lucenti, e i capelli ricciuti in disordine. Ella depose ciò che sapeva, riconobbe in quei due coloro che per i primi avevano afferrato per le braccia Pjotr Nikolàjevic e, malgrado che il contadino che pareva uno zingaro, facendo brillare e girare le sue pupille sotto le mobili sopracciglia, le avesse detto con rimprovero: "È un peccato, signora! tutti dovremo morire", malgrado ciò, non ebbe affatto pietà di loro. Al contrario, durante l'istruttoria sorse in lei un senso d'odio e il desiderio di vendicarsi degli uccisori di suo marito.

Ma quando, dopo un mese, il processo, deferito al tribunale militare, fu deciso con la condanna di otto uomini ai lavori forzati, e due persone, il vecchio dalla barba biondiccia e lo zingaro dal viso bruno, come lo chiamavano, furono condannate all'impiccagione, ella provò qualcosa di penoso. Ma questo penoso malessere dileguò presto sotto l'impressione della solennità del giudizio. Se l'autorità suprema riconosce che bisogna far così, vuol dire che così sta bene.

L'esecuzione doveva avvenire al villaggio. E la domenica, tornata dalla messa, con un vestito nuovo e scarpe nuove, Malànja annunziò alla padrona che stavano rizzando la forca e che per il mercoledì si aspettava il boia da Mosca, e che le famiglie non smettevano di mandar lamenti che si sentivano per tutto il villaggio.

Natàlja Ivànovna non uscì di casa per non vedere né la forca né la gente e desiderava una cosa soltanto, che quel che si doveva fare fosse finito al più presto. Ella pensava soltanto a sé, non ai condannati e alle loro famiglie.

XI

Il martedí venne da Natàlja Ivànovna il commissario di polizia che ella conosceva. Natàlja Ivànovna gli offrì della vodka e dei funghi marinati, preparati da lei. Il commissario, dopo aver bevuto la vodka e gustato gli antipasti, le partecipò che l'esecuzione non sarebbe ancora stata per il giorno dopo.

– Come mai? Perché?

– È una storia strabiliante. Non han potuto trovare un carnefice. Ce n'era uno a Mosca, ma quello, mi ha raccontato mio figlio, s'è riempito la testa con la lettura del Vangelo e dice: "Non posso uccidere". Lui stesso è stato condannato per assassinio ai lavori forzati, ma ora, a un tratto, non può uccidere legalmente. Lo hanno minacciato della frusta. Frustatemi, dice, ma io non posso.

Natàlja Ivànovna, a un tratto, arrossì e sudò tutta, presa da un pensiero.

– Ma ora è impossibile che abbiano la grazia?

– Come graziarli, se sono stati condannati dal tribunale? Solo lo zar può far la grazia.

– Ma come lo saprebbe lo zar?

– Essi hanno il diritto di chiedere la grazia.

– Ma essi sono condannati a morte per me, – disse la stolta Natàlja Ivànovna. – E io perdono.

Il commissario si mise a ridere.

– E allora, chiedete la grazia.

– Si può fare?

– Certamente, si può.

– Ma ora non si farà a tempo!

– Si può telegrafare.

– Allo zar?

– Sì, anche allo zar si può.

La notizia che il boia aveva rifiutato ed era pronto a soffrire piuttosto che uccidere aveva a un tratto sconvolto l'anima di Natàlja Ivànovna, e quel senso di compassione e di orrore che più volte aveva cercato di venir fuori proruppe finalmente e l'invase tutta.

– Mio caro Filìpp Vasìljevic, scrivetemi il telegramma. Voglio chiedere la grazia allo zar.

Il commissario scosse il capo.

– Purché non si abbiano delle noie per questo fatto!

– Ne risponderò io. Non parlerò di voi.

"Ecco una buona donna! – pensò il commissario. – Se la mia fosse così, sarebbe il paradiso, e non come ora..."

E il commissario scrisse il telegramma per lo zar: "A Sua Maestà Imperiale, l'Imperatore e Zar. La devota suddita di Vostra Maestà Imperiale, vedova dell'assessore di collegio Pjotr Nikolàjevic Sventìtskij, ucciso dai contadini, cadendo agli augusti piedi della Vostra Imperiale Maestà (questo punto del telegramma piacque in particolar modo al commissario che l'aveva composto), Vi scongiura di far grazia ai tali e tali contadini, condannati alla pena di morte, nella tale provincia, nel tale distretto e villaggio".

Il telegramma fu spedito dallo stesso commissario, e Natàlja Ivànovna sentì nell'anima una letizia buona. Le pareva che, se lei, vedova dell'ucciso, perdonava e chiedeva la grazia, lo zar non la potesse negare.

XII

Lìza Jeròpkina viveva in uno stato di perpetuo entusiasmo. Più avanzava nel sentiero della vita cristiana che le si era aperto davanti, tanto più era sicura che fosse il sentiero della verità e tanta maggior gioia le veniva nell'anima.

Ora aveva due scopi immediati: il primo – convertire Màchin, o piuttosto, come diceva a se stessa, farlo tornare a se medesimo, alla sua buona, magnifica natura. Ella lo amava, e alla luce di quell'amore le si rivelava ciò che vi era di divino nell'anima di lui, comune a tutti gli uomini, ma vedeva in quel principio comune a tutti gli uomini ciò che era soltanto di lui, la bontà, la tenerezza, l'elevatezza. L'altro suo scopo era quello di abbandonare le sue ricchezze. Voleva spogliarsi dei suoi beni per provare Màchin, ed anche per sé, per la sua anima, secondo la parola del Vangelo, voleva far questo. Da principio cominciò a distribuire i suoi averi, ma vi si oppose il padre, e, più ancora del padre, la folla dei questuanti che l'assalirono di persona o per iscritto. Allora decise di dirigersi a un monaco, conosciuto per la sua santa vita, perché egli prendesse i suoi denari e ne disponesse come stimava necessario. Apprendendo ciò, il padre andò sulle furie, e in un veemente colloquio con lei, la chiamò pazza, mentecatta, e disse che avrebbe preso dei provvedimenti per difenderla contro se stessa, come una demente.

Il tono irato e rabbioso del padre si comunicò a lei, e, prima che avesse potuto rientrare in sé, scoppiò a piangere di rabbia e a dire al padre delle villanie, chiamandolo tiranno e interessato.

Poi chiese perdono al padre, ed egli disse che non era adirato, ma ella vedeva che era offeso e che dentro di sé non le perdonava. A Màchin non volle parlare di ciò. La sorella, che era gelosa di lei per via di Màchin, si allontanò addirittura da lei. Non aveva chi far partecipe dei suoi sentimenti né davanti a chi esprimere il suo pentimento.

"Davanti a Dio bisogna pentirsi," disse fra sé, e siccome era la grande quaresima, decise di far le sue devozioni e, confessandosi, dir tutto al confessore e chiedergli consiglio per la sua condotta avvenire.

Non lontano dalla città c'era un monastero nel quale viveva un monaco salito in gran fama per la sua vita, per le sue prediche, per le sue predizioni e per le guarigioni che gli si attribuivano.

Questo monaco ricevé una lettera dal vecchio Jeròpkin che lo avvertiva dell'arrivo della figlia e della sua anormalità, del suo stato di eccitazione, ed esprimeva la fiducia che il monaco l'avrebbe avviata pel sentiero della vera, aurea moderazione, della buona vita cristiana, senza distruggere le condizioni esistenti.

Stanco dalle udienze date, il vecchio ricevette Lìza e cominciò a ispirarle tranquillamente la moderazione, la sottomissione alle condizioni esistenti, ai genitori. Lìza taceva, arrossiva, sudava, ma, quando egli ebbe finito, con le lacrime agli occhi cominciò a parlare, da prima timidamente, sulla massima di Cristo: "Lascia il padre e la madre e seguimi"; poi, animandosi sempre più, gli spiegò come comprendeva Cristo. Il vecchio sul principio sorrideva appena, e replicava con le solite frasi, ma poi tacque, sospirò, e ripeteva soltanto: "O Signore!".

– Su, va bene, vieni domani a confessarti, – e la benedisse con la mano rugosa.

Il giorno dopo la confessò e, senza proseguire il discorso del giorno innanzi, la rimandò, rifiutando senz'altro di assumere la distribuzione dei suoi beni.

La purezza, l'intera sottomissione alla volontà di Dio e l'ardore di quella fanciulla avevano colpito il monaco. Da un pezzo egli aveva l'intenzione di ritirarsi dal mondo, ma il monastero esigeva la sua attività. Quest'attività dava i mezzi di vita al monastero. Ed egli vi acconsentiva, benché sentisse confusamente tutta la falsità della sua posizione. Lo credevano un santo, un taumaturgo, e invece era un uomo debole, affascinato dal successo. E rivelandosi a lui, l'anima di quella fanciulla gli aveva rivelato la sua propria anima. E vide quanto era lontano da quello che avrebbe voluto essere e a cui il suo cuore lo portava.

Subito dopo la visita di Lìza egli si chiuse nella sua cella e soltanto dopo tre settimane ne uscì per andare in chiesa; servì la messa e dopo il servizio recitò un sermone nel quale si accusava, denunziava i peccati del mondo e lo esortava al pentimento.

Ogni due settimane egli predicava. E alle sue prediche veniva sempre più gente. E la sua fama come predicatore si spandeva sempre più. C'era qualcosa di particolare, di ardito, di sincero nelle sue prediche, e perciò egli agiva così fortemente sugli uomini.

Intanto Vasìlij aveva fatto tutto quel che aveva in animo di fare. Con alcuni compagni, di notte, era entrato in casa di un certo Krasnopùzov, un riccone. Egli sapeva come costui fosse avaro e vizioso; penetrò nel suo studio e vi prese 30.000 rubli. E fece tutto secondo il suo progetto. Aveva anche smesso di bere e dava i denari alle ragazze da marito povere, perché potessero sposarsi, pagava i debiti altrui, e si nascondeva. E di una cosa sola si dava pensiero, di distribuire bene il denaro. Ne dava anche alla polizia, e così non veniva ricercato.

Il suo cuore era lieto. E quando pur tuttavia lo presero, nel giudizio fu ardito e si vantò dicendo che i denari giacevano malamente presso quel panciuto: "Non ne sapeva neppur lui l'ammontare e invece io li ho messi in circolazione e con essi ho aiutato della brava gente".

E la difesa era così allegra, così buona che i giurati per poco non lo assolsero. Lo condannarono all'esilio.

Egli ringraziò e avvertì che sarebbe fuggito.

Il telegramma della Sventìtskaja allo zar non ebbe nessun effetto. Nella commissione delle grazie da principio fu deciso di non riferirne allo zar, ma poi, quando, durante la colazione a corte, il discorso scivolò sull'affare Sventìtskij, il presidente che era a colazione dall'imperatore riferì del telegramma mandato dalla moglie dell'ucciso.

"C'est très gentil de sa part", disse una delle principesse della famiglia imperiale.

L'imperatore invece sospirò, si strinse nelle spalle, guarnite di spalline, e disse: "La legge", e porse il bicchiere nel quale un cameriere versava del vino della Mosella spumante. Tutti fecero le viste di essere ammirati della saggezza racchiusa nella parola dell'imperatore. E non si parlò più del telegramma. E i due contadini, il vecchio e il giovane, furono impiccati con l'aiuto di un carnefice tartaro fatto venire da Kazàgn, un crudele assassino, che aveva anche avuto commercio con le bestie.

La vecchia moglie voleva vestire d'una camicia bianca il corpo del suo vecchio, e mettergli delle cioce bianche e delle scarpe nuove, ma ciò non le fu permesso, e i due impiccati furono seppelliti in una sola fossa, dietro alla cinta del cimitero.

– Mi ha detto la principessa Sòfja Vladìmirovna che c'è un predicatore straordinario, – disse una volta la madre dell'imperatore, la vecchia imperatrice, a suo figlio: – Faitesle venir. Il peut prêcher à la Cathédrale.

– No, è meglio qui da noi, – disse l'imperatore, e ordinò che s'invitasse il monaco Isidoro.

Nella cappella del palazzo si riunirono tutti i generali. Un nuovo e straordinario predicatore era un avvenimento.

Comparve un vecchietto grigio, magro, guardò tutti in giro: "In nome del Padre, del Figlio e dello Spirito Santo", e cominciò.

Da principio la cosa andò bene, ma poi sempre peggio. "Il devenait de plus en plus agressif", come disse poi l'imperatrice. Tuonava contro tutti. Parlò della pena di morte. E attribuiva la necessità della pena di morte a un cattivo governo. Possibile che in un paese cristiano si debba uccidere la gente?

Tutti si guardavan fra loro e si davano pensiero soltanto della sconvenienza della cosa e di quanto essa poteva dispiacere all'imperatore, ma nessuno lo dimostrava. Quando Isidoro disse: "Amen", gli si avvicinò il metropolita e l'invitò ad andare con lui.

Dopo la conversazione col metropolita e col procuratore del Santo Sinodo, il vecchio fu subito rimandato al monastero, ma non al suo, sibbene al monastero di Suzdàl, dove era superiore il padre Misaìl.

Tutti fecero le viste che nulla di spiacevole fosse stato detto dal predicatore Isidoro, e nessuno ne parlò. Anche allo zar sembrava che le parole del monaco non avessero lasciato nessuna traccia, ma due volte durante il giorno ripensò all'esecuzione dei due contadini, la grazia dei quali aveva chiesta per telegramma la Sventìtskaja. Nella giornata ci fu una rivista, poi la passeggiata, poi l'udienza ai ministri, poi il pranzo; la sera, il teatro. Come al solito, lo zar si addormentò appena ebbe messo la testa sul guanciale. La notte, lo destò un terribile sogno: in un campo c'erano delle forche e da esse pendevano dei cadaveri, e i cadaveri tiravano fuori le lingue che si allungavano sempre più, sempre più. E qualcheduno gridava: "È opera tua, è opera tua". Lo zar si destò in sudore e si mise a pensare. Per la prima volta pensò alla responsabilità che incombeva su di lui, e tutte le parole del vecchio gli tornarono in mente...

Ma non vedeva in sé l'uomo che da lontano, e non poteva obbedire alle semplici esigenze dell'uomo, per via delle esigenze che da ogni parte erano imposte allo zar; di riconoscere che il dovere dell'uomo era più impellente che il dovere dello zar non gli bastava la forza.

Dopo aver espiato in carcere la seconda condanna, Prokòfij, quel baldo giovane, elegante, pieno di amor proprio, uscì di là un uomo addirittura finito. Se non aveva bevuto, se ne stava senza far nulla e, per quanto il padre lo rimproverasse, mangiava il pane, non lavorava e, peggio ancora, coglieva l'occasione di poter prendere qualcosa per portarla all'osteria e bere. Stava seduto, tossiva, si raschiava la gola e sputava. Il dottore dal quale andò gli osservò il petto e scosse il capo.

– Per te, fratello, ci vorrebbe quel che tu non hai.

– Si sa, sempre ci vorrebbe.

– Bevi del latte, non fumare.

– Ora è quaresima, e non abbiamo vacche.

Una volta, in primavera, non aveva dormito per tutta la notte; era angosciato, aveva voglia di bere. In casa non c'era nulla da prendere. Si mise il berretto e uscì. Camminò per la strada e arrivò alla casa dei preti. Il suddiacono aveva lasciato fuori l'erpice, appoggiato alla siepe. Prokòfij si avvicinò, se lo caricò in ispalla e si diresse allo spaccio della Petròvna. "Forse mi darà una bottiglia". Ma prima che avesse il tempo di allontanarsi, il suddiacono comparve sulla porta. Era già giorno chiaro: vide Prokòfij che portava via il suo erpice.

– Ehi! Che fai?

Chiamò gente. Prokòfij fu preso e messo al fresco. Il giudice di pace lo condannò a undici mesi di prigione.

Venne l'autunno: Prokòfij fu condotto all'ospedale. Tossiva e tutto il petto gli si lacerava. E non poteva riscaldarsi. Anche i malati più gravi non tremavano, ma Prokòfij tremava giorno e notte. Il direttore faceva economia di legna e non riscaldava l'ospedale fino a novembre. Prokòfij soffriva terribilmente in tutto il corpo, ma più di tutto soffriva nell'anima. Tutto gli era antipatico e odiava tutti: il suddiacono, e il direttore perché non riscaldava l'ospedale, e il carceriere, e il suo vicino di letto che aveva il labbro rosso e gonfio. Prese a odiare anche quel nuovo forzato che avevano condotto all'ospedale. Quel forzato era Stjepàn. Egli soffriva di un'erisipola alla testa e l'avevano menato all'ospedale e messo accanto a Prokòfij. Da principio Prokòfij l'odiava, ma poi si mise ad amarlo tanto che non aspettava altro che di poter parlare con lui. Solamente dopo aver discorso con lui, l'angoscia si quietava nel cuore di Prokòfij.

Stjepàn raccontava sempre a tutti il suo ultimo omicidio e l'impressione che ne aveva ricevuta.

– Non che avesse gridato, – raccontava, – ma ecco, su, colpisci. Non di me, abbi pietà di te, diceva.

– Già, si sa, è terribile perdere un'anima: una volta mi misi a scannare un montone, anch'io ne soffrivo. Ma non ho ucciso nessuno e perché loro, i cattivi, mi hanno rovinato? Non ho fatto male a nessuno...

– Ebbene, ciò ti sarà contato.

– Dove?

– Come: dove? E Dio?

– Non lo si vede e io, fratello, non ci credo. Penso che si muore, l'erba ci cresce sopra, e tutto è finito.

– Come puoi pensare così? Io ho perduto molte anime, ma lei, la cara, non faceva che del bene alla gente. Pensi che mi potrà toccare lo stesso che a lei? No, aspetta.

– Dunque, pensi che si muore e che l'anima resta?

– E come sarebbe altrimenti? Questo è certo.

L'agonia di Prokòfij era dolorosa: soffocava. Ma all'ultim'ora, a un tratto, si sentí meglio.

Chiamò Stjepàn.

– Dunque, fratello, addio. Si vede che è venuta la morte per me. Avevo paura, e adesso non più. Soltanto vorrei che si facesse più presto.

E Prokòfij morì all'ospedale.

Intanto gli affari di Jevghènij Michàjlovic andavano sempre di male in peggio. Il negozio era ipotecato. Il commercio non andava. In città s'era aperto un altro negozio, e c'erano gl'interessi da pagare. Fu necessario prendere altro denaro a prestito per pagar gli interessi. E finì che il negozio e tutta la merce furon messi in vendita. Jevghènij Michàjlovic e sua moglie si buttarono di qua e di là, ma in nessun posto poterono trovare quei quattrocento rubli che occorrevano per salvar la faccenda.

C'era una piccola speranza nel mercante Krasnopùzov, l'amante del quale era conoscente della moglie di Jevghènij Michàjlovic. Ora per tutta la città si sapeva che in casa di Krasnopùzov era stata rubata una fortissima somma. Si raccontava che avessero rubato mezzo milione.

– E chi l'ha rubato? – raccontava la moglie di Jevghènij Michàjlovic, – Vasìlij, il nostro antico portiere. Dicono che ora sperperi questo denaro e che la polizia sia comprata.

– Era un cattivo soggetto, – disse Jevghènij Michàjlovic. – Con che facilità allora fece il suo falso giuramento! Non l'avrei mai creduto.

– Dicono che sia entrato nel nostro cortile. La cuoca dice che era lui. E dice che ha dato la dote a quattordici ragazze povere.

– Eh! se lo inventano.

In quel momento un uomo di una certa età, con una giacchetta di mezzalana, entrò nel negozio.

– Che vuoi?

– Una lettera per voi.

– Di chi?

– C'è scritto.

– Ma ci vuol risposta? Aspetta.

– Impossibile, – e lo strano uomo, consegnato un plico, uscì frettolosamente.

– Curioso!

Jevghènij Michàjlovic lacerò la grossa busta e non credeva ai suoi occhi: biglietti da cento rubli! Quattro! Che cos'era? C'era lì una lettera sgrammaticata diretta a Jevghènij Michàjlovic: "Nel Vangelo è detto: rendi bene per male. Voi mi faceste molto male con la cedola e io danneggiai grandemente il contadino, ed ecco, ora io ho pietà di te. Su, prendi quattro biglietti di Caterina e ricordati del tuo portiere Vasìlij".

– No, ciò è prodigioso, – diceva Jevghènij Michàjlovic, parlando alla moglie e a se stesso. E quando si ricordava di ciò o ne parlava con la moglie, gli venivano le lacrime agli occhi e aveva la gioia in cuore.

XVIII

Nelle celle di penitenza del convento di Suzdàl erano detenuti quattordici ecclesiastici, tutti più che altro per essersi allontanati dall'ortodossia; e là fu mandato anche Isidoro. Il padre Misaìl ricevette Isidoro secondo le istruzioni e, senza parlargli, ordinò di metterlo in una camera separata, come un delinquente importante. Alla terza settimana della permanenza d'Isidoro in quella cella, il padre Misaìl fece il giro dei prigionieri. Entrato nella cella d'Isidoro, domandò: Vi occorre nulla?

– Mi occorrono molte cose: non posso dirlo davanti alla gente. Dammi modo di parlare con te da solo a solo.

Si guardarono l'un l'altro e Misaìl capì che non aveva nulla da temere: ordinò che Isidoro fosse trasferito nella sua cella e, quando furono rimasti soli, disse:

– Su, parla.

Isidoro cadde in ginocchio.

– Fratello! – disse Isidoro. – Che fai? Abbi pietà di te stesso. Non c'è un malfattore peggiore di te, tu hai offeso tutto ciò che è sacro...

Dopo un mese, Misaìl mandò una carta che chiedeva la liberazione, per essersi pentiti, non soltanto d'Isidoro, ma di tutti gli altri, e per sé chiedeva d'essere mandato in un monastero per riposarsi.

Passarono dieci anni. Mìtja Smokòvnikov aveva finito il corso nell'istituto tecnico ed era ingegnere con forte stipendio nelle miniere d'oro in Siberia. Dovette andare per un'ispezione. Il direttore gli propose di prendere con sé il forzato Stjepàn Pelaghèjuskin.

– Come! Un forzato? Ma non c'è pericolo?

– Con lui non c'è pericolo. È un sant'uomo, domandate a chi volete.

– Ma perché è stato condannato?

Il direttore sorrise.

– Ha ammazzato sei persone, ma è un sant'uomo. Lo garantisco.

E Mìtja Smokòvnikov prese con sé Stjepàn, – un uomo calvo, magro, abbronzato, – e partì con lui.

Per via, Stjepàn assisteva Smokòvnikov come assisteva tutti, meglio che poteva, al pari di figli suoi, e lungo la strada gli raccontò tutta la sua storia. E come e perché e in qual modo viveva ora.

E, fatto sorprendente! Mìtja Smokòvnikov, che fino allora aveva vissuto per bere e mangiare, per le carte, il vino e le donne, si mise a riflettere per la prima volta sulla vita. E questi pensieri non lo lasciavano e turbavano la sua anima sempre più. Gli offrirono un posto dove c'erano grandi guadagni; egli lo rifiutò e decise di comprare con quel che aveva una proprietà, di prender moglie e di servire il popolo come sapeva.

XX

E così fece. Ma prima andò dal padre, col quale era in cattivi rapporti per la nuova famiglia che il padre si era formata. Ora aveva deciso di riavvicinarsi al padre. E così fece. E il padre si meravigliò, rise di lui, e poi smise di andargli contro e si ricordò di molte e molte circostanze, nelle quali era stato colpevole verso di lui...

(1903-1905)